Liebes Flunkertagebuch

Bettina Obrecht

Liebes Flunkertagebuch

Mit Bildern von Barbara Scholz

Gabriel

Von Bettina Obrecht ist bei Gabriel bereits erschienen:

Eltern zu verschenken
Willkommen zurück, Opa
Ich wär so gern ... Wie Sophie ihre Schüchternheit vergaß
Einmal Nummer Eins

Obrecht, Bettina:
Liebes Flunkertagebuch
ISBN 978 3 522 30299 9

Gesamtausstattung: Babara Scholz
Einbandtypografie: Doris Grüniger, Buch und Grafik
Texttypografie: Prill Partners | producing, Berlin
Satz: KCS GmbH, Buchholz/Hamburg
Reproduktion: Medienfabrik, Möglingen
Druck und Bindung: Friedrich Pustet, Regensburg

5 4 3 2 1°   12 13 14 15

1.

Ich bin ein Vorbild.

Es war mir lange nicht klar, dass ältere Geschwister grundsätzlich Vorbilder sind, ganz genauso oder noch mehr als Eltern. Kleine Kinder gucken sich von den Großen alles ab. Vorbild sein ist keine leichte Aufgabe. Wer kann schon von sich behaupten, dass er immer alles richtig macht?

Ich gebe mir Mühe. Früher musste ich mir gar nicht so viel Mühe geben. Früher, das heißt, als ich noch in der Grundschule war. Da war ich genau so, wie man es von einem Mädchen erwartet: schlagfertig, ein kleines bisschen frech, immer fröhlich, umgeben von einer Schar ständig wechselnder Freundinnen und doch schon mütterlich genug für so einen Säugling.

Ganz hundertprozentig ehrlich war ich vermutlich in meinem Leben nie. Wer schafft das schon? In manchen Lebenslagen braucht man einfach eine gute Ausrede.

Aber meistens habe ich mich schon an den Grundsatz gehalten, dass man nicht lügen soll.

Ich weiß auch, dass man die Schuld nicht auf andere schieben soll, wenn man selbst etwas verbockt hat. Mama sagt, man muss immer zu dem stehen, was man getan hat, weil man sonst nicht daraus lernen kann. Wahrscheinlich hat sie recht.

Wenn ich darüber nachdenke, wie die Geschichte mit meinem Flunkertagebuch angefangen hat, sehe ich immer eine Art Erinnerungsvideo vor meinem inneren Auge ablaufen, und das geht so:

»Dein Schnuller?«, fragt Mama mit großen unschuldigen Augen. Sie geht in die Knie und legt Linus, meinem kleinen Bruder, sanft die Hand auf die Schulter. »Deinen Schnuller, Linus, den hat heute Nacht leider die Schnullerfee mitgenommen.«

Linus reißt den Mund auf und fängt an zu brüllen, als hätte jemand auf den Einschaltknopf gedrückt. Mama zuckt ein bisschen zurück und wirft mir einen entschuldigenden Blick zu. Ich glaube, ich gucke sehr grimmig.

»Aber Linus«, sagt Mama beschwichtigend, als mein Bruder endlich Luft holt. »Die Schnullerfee hat ihn ins Schnullerland gebracht, zu den anderen Schnullern, die nicht mehr gebraucht werden.«

Linus heult: »Ich brauch meinen Schnulli aber doch!«

»Aber die Fee hat dir dafür etwas dagelassen«, fügt Mama hastig hinzu. »Sozusagen ein Geschenk. Zum Tausch gegen deinen Schnuller.«

»Geschenk?«, wiederholt Linus schluckend und wischt sich über die Augen.

»Genau. Willst du es sehen?«

Ich kenne das Geschenk. Es ist ein kleines blaues Auto, das Mama aus dem Supermarkt mitgebracht hat. Sie hat mich sogar gefragt, ob sie es denn auspacken soll oder ob Linus wohl glaubt, dass eine Schnullerfee angetackerte Autos in Plastikverpackungen mit dem grünen Punkt verschenkt. Ich hab mich da ganz rausgehalten. Linus hat schon ungefähr eine Million kleine Autos in allen Farben, die man sich nur denken kann, und nie im Leben hätte er seinen geliebten Schnuller freiwillig gegen das eine Million einste Auto eingetauscht. Trotzdem greift er jetzt danach, besieht es von allen Seiten und steckt es dann mit der Kühlerhaube voran in den Mund. Mama zieht es sanft wieder hervor.

»Nicht dran lutschen«, sagt sie freundlich. »Es ist doch kein Schnuller.«

Linus' Mundwinkel verziehen sich wieder nach unten. »Mein Schnulli!«

Ich kann das nicht mehr mit ansehen und gehe einfach aus dem Zimmer.

Wie kann Mama meinen kleinen Bruder so schamlos belügen! Nur weil sie der Meinung ist, dass er mit seinen knapp drei Jahren keinen Schnuller mehr braucht! Wahrscheinlich ist es ihr peinlich vor ihren Freundinnen und vor meinen Tanten, die

ihre Kinder immer irgendwie besser erziehen.

Schnullerland! Mir wird übel!

Wieso halten die Erwachsenen ihre Kinder nur für so dumm?

Ich höre, dass Mama in die Küche wandert, und gehe ihr nach. Sie öffnet gerade den Kühlschrank und nimmt eine durchsichtige blaue Plastikbox heraus, in der sie Stücke von geschälten Äpfeln und Birnen für Linus aufbewahrt.

»Wieso erzählst du ihm so einen Quatsch?«, frage ich böse.

»Was meinst du?«

»Schnul-ler-land!« Ich verdrehe die Augen.

»Das schadet ihm doch nicht«, sagt Mama munter. »In ein paar Tagen hat er seinen Schnuller ganz vergessen.«

»Na super. Habt ihr mich damals auch so angelogen?«

»Du hast niemals einen Schnuller benutzt, Schatz«, murmelt Mama, während sie drei Apfel- und drei Birnenstücke kreisförmig auf einem kleinen blauen Plastikteller aufbaut und in die Mitte ein rotes Gummibärchen setzt.

»Aber man soll nicht lügen, sagst du immer. Lügen ist ganz schlimm, sagst du.«

Mama sieht überrascht auf. »Das ist doch keine Lüge. Es ist

eine Geschichte. Du erzählst Linus auch Geschichten über Feen und Elfen und so was.«

»Das ist ja wohl etwas anderes.«

»Warum?«

Und weil ich das nicht wirklich begründen kann, nehme ich eins der sorgfältig hingeschobenen Apfelstücke vom Teller und stecke es mir in den Mund, bevor Mama mir auf die Finger hauen kann.

»Ekelhafte Vorstellung«, sage ich. »Ein Land, in dem überall abgelutschte und durchgesabberte alte Schnullis herumliegen – bäh! Oder sind die da womöglich auch noch lebendig? Können die fliegen oder krabbeln oder so?« Ich schüttle mich theatralisch.

Mama runzelt die Stirn. Sie klappt die blaue Box wieder auf und ersetzt das Apfelstück. Als ich ein zweites Mal nach dem Teller greife, zieht sie ihn schnell weg.

»Es ist doch nur ein Bild. Für Linus ist es ein schönes Bild.«

»Und überhaupt, warum darf Linus keinen Schnuller mehr haben?«

»Es ist schlecht für die Zähne. Und auch sonst. Er ist alt genug.« Jetzt blitzen Mamas Augen. »Was willst du eigentlich? Wenn du meinst, du kannst ihm wissenschaftlich begründen, warum er seinen Schnuller aufgeben soll, dann tu das.«

»Okay, okay.« Ich schiele an Mama vorbei in den Kühlschrank. Da steht noch genau ein Maracuja-Joghurt, meine Lieblingssorte, leider auch die Lieblingssorte von Mama. Ich hätte nicht meckern, sondern mich beliebt machen sollen, dann würde ich ihn wahrscheinlich kriegen. Ich verzichte auf die zum Scheitern verurteilte Frage danach und ziehe mich in mein Zimmer zurück.

Was geht mich überhaupt Linus' Schnuller an? Habe ich in meinem Alter keine anderen Sorgen? Wenn alle mit dieser dämlichen Geschichte glücklich sind, dann soll mir das recht sein.

Aber es ist so: Ich mag Linus. Ich weiß, dass kleine Brüder in der Regel nerven, aber Linus ist anders. Keiner kann so lachen wie Linus, so ansteckend und so ehrlich. Er ist toll und ich finde manchmal, er ist mit seinen drei Jahren der Vernünftigste in der Familie. Und wenn er mal unvernünftig ist, hat das garantiert einen triftigen Grund.

Diese Nummer mit der Schnullerfee beschäftigt mich und das ist ziemlich doof von mir. Es ist doch nichts Neues, dass Mama und Papa Linus irgendwelche Geschichten erzählen, die überhaupt nicht stimmen. Sie meinen es ja nicht böse, sondern versuchen irgendwie zu helfen. Als vor einem halben Jahr mein Meerschweinchen gestorben ist, haben sie Linus gesagt, es wäre weggelaufen. Und mir haben sie streng verboten, Linus die Wahrheit zu sagen. Ich muss zugeben, dass ich das in Ordnung fand. Ich war selbst total traurig und wollte nicht, dass Linus genauso traurig wird.

Als Linus noch ganz klein war, haben meine Eltern abends beim Weggehen gesagt, sie wären gleich wieder da, und dann sind sie doch die halbe Nacht weggeblieben. Natürlich hat uns in so einem Fall ein Babysitter betreut. Meine Eltern sind keine Leute, die ihre Kinder einfach so allein zu Hause lassen. Sie wollen, dass es uns gut geht, und außerdem könnten wir ja das Haus anzünden oder so etwas. Sie haben einfach gedacht, Linus schläft ein und merkt gar nicht, dass sie nicht da sind. Das hat auch fast immer geklappt bis auf ein einziges Mal. Einmal nämlich ist Linus wach geworden und hatte Bauchweh und wollte zu Mama und die war nicht da. Unser Babysitter war ziemlich gestresst und hat versucht, Mama anzurufen, aber die durfte im Kino natürlich das Handy nicht anlassen.

2.

Als Mama damals wieder anfing, ganztags zu arbeiten, bekamen wir eine Tagesmutter. Mit Ljoba haben wir uns prima verstanden. Sie hatte noch zwei andere Tageskinder, aber die waren beide viel kleiner als ich, und so hatte ich in letzter Zeit nicht wirklich jemanden zum Spielen. Deswegen haben Mama und Papa gemeint, es ist doch bestimmt eine gute Lösung, wenn ich jetzt in der neuen Schule in den Hort gehe, wo es viele Kinder in meinem Alter gibt. Linus kann bis abends im Kindergarten bleiben und braucht deswegen auch keine Tagesmutter mehr.

Ich weiß nicht, warum ich lieber bei Ljoba geblieben wäre. Vielleicht, weil sie so gute Teigtaschen bäckt und es sich so gut anfühlt, wenn sie mich gegen ihren warmen Bauch drückt, und weil sie immer genau versteht, worüber man sich in der Schule geärgert hat.

Ich habe Ljoba versprochen, dass ich sie besuche, aber ich weiß gar nicht, wann ich dafür Zeit haben werde. Der Hort geht nämlich bis um fünf, und dann muss ich natürlich schnell nach Hause.

Im Hort sind wir im Moment siebenundzwanzig Kinder. Ich gehöre zu den Jüngsten, die Ältesten sind schon vierzehn. Kinder, die noch älter sind, haben wahrscheinlich einen Schlüssel und dürfen alleine zu Hause rumhängen.

Also ehrlich gesagt, den Hort kann ich nicht besonders leiden.

Genauer ausgedrückt: Ich hasse es, mit einem Haufen Kinder, die ich nicht kenne, in einer Wohnung zusammengesperrt zu sein.

Und dieser Verona, der Betreuerin für uns Jüngere, traue ich auch nicht über den Weg. Sie ist schlank und sieht einigermaßen gut aus und bildet sich was darauf ein. Sven dagegen scheint ganz nett zu sein, aber der kümmert sich überwiegend um die Älteren, und außerdem sieht er komisch aus mit seinem runden Gesicht und der dicken Brille und den hässlichen abgewetzten Pullis, die sich über seinen Bauch spannen.

Aus irgendeinem Grund war es bei Ljoba viel schöner. Zum Beispiel roch es da immer gut. Ljoba hat überall Blütenblätter in kleinen Schälchen liegen und im Klo hängt so ein Duftstein, Zitronenaroma.

Im Hort stinkt es einfach nur nach verschwitzten Kindern und aufgewärmtem Essen und alten Socken und vollen Schulrucksäcken.

Ich mag den Hort also nicht, und ich warte nur darauf, dass ich endlich vierzehn bin und einfach nach Hause gehen und mich nachmittags mit richtigen Freunden treffen kann, die ich mir ausgesucht habe.

Seit das Schuljahr angefangen hat, fragt mich Mama regelmäßig mit ihrer muntersten Stimme: »Na, wie war's heute?«, und ihr ist an der Nasenspitze anzusehen, dass sie nur positive Rückmeldungen erwartet. Noch kein einziges Mal habe ich ihr den Gefallen getan.

»Beschissen«, sage ich. Oder: »Zum Kotzen.«

Das ist dann vielleicht ein bisschen übertrieben, aber ich finde es gut, wenn Mama entsetzt guckt. Das mit dem Hort war ihre Idee.

Also gut: Es gibt ein Mädchen im Hort, das sehr nett aussieht. Sie heißt Irina und sie erinnert mich ein bisschen an Ljoba, vielleicht, weil auch sie das »R« rollt und weil beide so ein offenes Lachen haben. Irina ist nicht so dick wie Ljoba und sie riecht anders, aber auch ganz gut. Das Problem ist, dass offenbar alle Kinder im Hort Irina cool finden und ich mich gleich nach der Schule in die Schlange all derer stellen müsste, die gerne mit ihr reden würden. Und Irina kommt von sich aus überhaupt nicht auf die Idee, sich mit mir abzugeben.

»Kein Wunder, wenn du immer so böse guckst wie eben«, sagt Mama heute, als ich mich darüber beschwere.

»Ich guck nicht immer so böse!«

Ich bücke mich und hebe unsere Katze Josefine auf, die um meine Beine streicht. Josefine schnurrt mal kurz aus Gewohnheit, guckt mich dann aber misstrauisch an. Sie spürt genau, dass ich nicht gut drauf bin. Katzen kann man nichts vormachen.

»Ich bin für Irina zu langweilig«, klage ich weiter. »Sie hat tausend Freundinnen, die interessanter sind.«

»Und warum, bitte, bist du nicht interessant?« Mama runzelt die Stirn.

Ich zucke bockig mit den Schultern, setze Josefine auf den Boden, weil mir klar ist, dass sie sowieso jeden Moment abspringen wird. Wir haben Josefine noch nicht so lang. Mama behauptet, sie hätte für uns Kinder eine Katze gekauft, aber eigentlich ist sie diejenige, die immer eine Katze haben wollte, und sie hat sich Josefine auch alleine ausgesucht. Josefine ist eine »Kartäuserkatze« und hat einen Haufen Geld gekostet. Ich hätte nie so eine teure Rassekatze gekauft, sondern eine ganz normale aus dem Tierheim geholt.

Eigentlich sollte man sowieso keine Tiere haben, wenn man den ganzen Tag nicht da ist, aber Mama meint, einer Katze macht es nicht so viel aus, und sie wollte schon immer eine Katze haben, und Kinder sollten auch mit Tieren aufwachsen.

Josefine macht keinen richtig zufriedenen Eindruck. Sie lauert ständig auf eine Gelegenheit, uns zu entwischen. Letzte Woche hat Papa sie vor dem Nachbarhaus gefunden. Wir wohnen an einer ziemlich gefährlichen Straße und Josefine soll auf keinen Fall nach draußen gehen. Schließlich hat sie hier oben ihr Katzenklo und einen Kratzbaum. Ich finde den Kratzbaum peinlich, weil er überhaupt nicht wie ein echter, natürlicher Baum aussieht, sondern wie ein Kinderspielzeug, das jemand mit Schnur umwickelt hat. So etwas Künstliches, Geometrisches dürfte überhaupt nicht »Baum« heißen.

Ich gehe aus dem Zimmer. Im Flur bleibe ich einen Moment lang vor dem Spiegel stehen und mustere mich. Ich sehe nicht interessant aus. Ich bin noch nicht mal so hässlich, dass es interessant sein könnte. Ich sehe aus wie Tausende elfjähriger Mädchen, einigermaßen schlank, lange braune Haare, blaue Augen, Sweatshirt, Jeans. Wahrscheinlich würde mich Irina auf der Straße noch nicht mal erkennen, so durchschnittlich bin ich.

»Nina!«, ruft Linus aus seinem Zimmer. Ich höre, dass er aufsteht – ist wahrscheinlich auf dem Boden herumgekrabbelt – und über irgendetwas stolpert, das wie Lego klingt. Linus reißt seine Zimmertür auf, als ich gerade meine eigene Tür erreicht habe.

»Nina, ich muss dir was zeigen!«

Ich tue so, als hätte ich ihn nicht gehört, und verschwinde in meinem Zimmer.

»Nina!«, ruft er mir weinerlich nach, aber er wagt es nicht, in mein Zimmer zu platzen, das habe ich ihm längst abgewöhnt.

Ich habe ein schlechtes Gewissen, denn Linus ist der Einzige, der mich doch interessant findet.

3.

Unsere Eltern sind der Ansicht, dass wir auch keinen Babysitter mehr brauchen. Klar, das Geld für den Babysitter können sie sich sparen, sie haben ja mich, die unbezahlte Sklavin, die ganz umsonst auf ihren kleinen Bruder aufpasst, ihm vorliest und ihn ins Bett bringt.

»Das ist unfair«, beschwere ich mich. »Ich will wenigstens ein bisschen Geld dafür.«

»Kommt nicht infrage«, sagt Papa streng. »Du bist Linus' große Schwester und es gehört einfach zu deinen Aufgaben, dich um ihn zu kümmern, basta.«

»Und wenn es Schwierigkeiten gibt, kannst du jederzeit bei den Nachbarn klingeln«, sagt Mama. »Oder sie einfach anrufen. Frau Dippel weiß Bescheid.«

Sie kann sich denken, dass es wirklich einen lebensgefährlichen Notfall geben muss, bis ich freiwillig Frau Dippel ins Haus hole! Sie ist superordentlich und superstreng und supersauber, und wird mich nicht ins Bett gehen lassen, wenn ich mir vorher nicht noch den kleinsten verborgenen Winkel zwi-

schen den Zehen auf Hochglanz poliert habe.

Linus vertraut mir offenbar auch nicht so hundertprozentig. Er flitzt hinter Mama her und hängt sich weinerlich an ihren Rockzipfel.

»Nina liest dir eine schöne Geschichte vor«, verspricht ihm Mama.

Ich verdrehe die Augen.

Mama schüttelt Linus ab und geht ins Bad. Es ist die letzte Phase vor dem Aufbruch, und wenn sie aus dem Bad kommt, wird sie verändert aussehen, makellos frisiert und geschminkt. Meine Mutter ist wirklich perfekt, was ihr Aussehen angeht. Am Feierabend und am Wochenende schlappt sie mit zerzausten Haaren, in den ältesten Klamotten und alten Gummilatschen in der Wohnung herum. Aber sie kann auch im Bad verschwinden und aus Aschenputtel wird innerhalb kürzester Zeit eine Prinzessin. Sie sagt, in ihrem Beruf muss man so etwas hinkriegen, das gehört dazu. Kein Chef würde sie einstellen, wenn sie Flecken auf der

Bluse hätte oder fettige Haare oder ausgelatschte Schuhe.

Ich finde, sie hat einen komischen Beruf, wenn ausgelatschte Schuhe für ihren Erfolg eine wichtige Rolle spielen. Jedenfalls ist es kein Beruf, den ich später einmal haben möchte. Ich könnte mich nicht jeden Tag so verstellen wie meine Mutter.

Heute fahren die beiden ungerührt los zu Papas Geschäftsfreunden, deren Nummer ich auch habe, aber natürlich soll ich da nur im alleräußersten Notfall anrufen, wenn das Haus brennt oder so! Denn Papa muss dringend einen guten Eindruck machen.

Linus beschwert sich nicht. Er sitzt vor der Glotze und zieht sich irgendeinen Zeichentrickfilm rein, in dem sich unförmige Gestalten mit schrillen Stimmen gegenseitig anschreien.

»Mach das aus«, sage ich. »Das nervt.«

Aber Linus reagiert nicht auf mich. Er weiß genau, dass ich erstens nicht ernsthaft mit ihm schimpfe, und zweitens darauf angewiesen bin, dass er keinen Aufstand macht, deswegen muss er mir nicht gehorchen.

»Du musst gleich ins Bett«, sage ich trotzdem.

»Nö.« Linus schaltet die Lautstärke höher.

Ich zucke mit den Achseln und gehe in die Küche. Weil Mama und Papa immerhin der Ansicht sind, dass wir uns auch einen schönen Abend machen sollen, haben sie Eis gekauft, Banana Split. Diese Packung fische ich jetzt aus der Truhe und hole zwei Glasschüsseln aus dem Schrank. Linus hört es klappern und reißt sich von seinem Kreischfilm los.

»Krieg ich auch was?«

»Nee. Beide Schüsseln sind für mich.«

Linus versteht nur in den seltensten Fällen Ironie. Gut, dies ist einer dieser seltenen Fälle. Er grinst und streckt die Hand aus. Ich reiche ihm seine Portion und versenke die Eispackung wieder in der Truhe.

»Wollen wir nicht einen Film ansehen?«, frage ich. »Dornröschen oder so?«

Babysitter müssen Rücksicht auf den Filmgeschmack ihrer Schützlinge nehmen.

»Au ja!« Linus strahlt. Er weiß, dass es für einen ganzen Film viel zu spät ist. Aber das macht die Sache wohl erst interessant.

Blöd nur, dass ich den DVD-Rekorder nicht zum Laufen bringe. Als hätte ich das nicht schon hundertmal gemacht! Linus sieht mir lange Zeit vertrauensvoll zu, wie ich an Knöpfen und Schaltern herumdrücke. Erst nach einer langen Zeit stellt er fest: »Ich glaube, du musst mir Dornröschen vorlesen.«

»Nö!« Ich gebe dem DVD-Rekorder noch einen leichten Schubs, aber er lässt sich nicht erweichen. Ein roter Punkt blinkt, ein grüner leuchtet und auf der Digitalanzeige sind lauter Nullen zu sehen.

»Er ist kaputt.«

»Hast du ihn kaputt gemacht?«

»Nein.«

»Liest du mir jetzt Dornröschen vor? Bitte bitte.«

»Nur wenn du ins Bett gehst.«

Vielleicht habe ich ja Glück und Linus schläft nach ein paar Sätzen ein. Herr Moser, mein Deutschlehrer, meckert ja immer, weil ich so einschläfernd lese.

»Mach ich!« Linus rennt ins Bad und putzt sich freiwillig die Zähne. Manchmal frage ich mich, ob wir beide wirklich miteinander verwandt sind. Ich meine, klar putze ich mir die Zähne, aber jahrelang habe ich versucht, nur so zu tun, oder habe gehofft, dass Mama es einfach vergisst.

Ich suche Linus' Märchenbuch. Er hat so eine aufgemotzte Ausgabe mit riesigen bunten, mit Glitzerstaub bestreuten Bildern. Glücklicherweise ist die Geschichte ein bisschen gekürzt, sodass man nicht allzu lange daran zu lesen hat.

»Unsere Erzieherin liest nicht gut vor«, sagt Linus leise. »Weil sie nicht nett ist.«

Ich sehe Linus überrascht an. »Sie ist nicht nett? Warum denn nicht?«

»Weil sie eben nicht nett ist.« Linus presst die Lippen zusammen. Offenbar will er nichts weiter dazu sagen. Aber er hat mich doch ein bisschen aus dem Konzept gebracht. Noch kein einziges Mal hat er sich über den Kindergarten beschwert. Er kommt abends immer plaudernd nach Hause, ist unkompliziert wie immer, spielt noch ein bisschen, lässt sich etwas vorlesen und am nächsten Morgen ohne zu murren wieder im Kindergarten abliefern.

»Was hat sie denn gemacht?«, bohre ich weiter.

»Guck mal, da ist die böse Fee!« Linus deutet auf ein Bild, das eine hagere Frau mit Schlitzaugen und dicken Augenbrauen zeigt. »Gibt es böse Feen wirklich, Nina?«

»Natürlich nicht«, sage ich.

»Gibt es gute Feen?«

»Soll ich jetzt vorlesen oder nicht?«

»Okay.«

Linus legt sich hin und schließt die Augen. Josefine kommt dazu und springt auf die Bettdecke. Tiere im Bett sind eigentlich verboten, aber wenn wir alleine zu Hause sind, gibt es alle möglichen Ausnahmen.

Linus blinzelt kurz, streichelt Josefine und macht die Augen wieder zu. Er muss sich die Bilder in seinem Buch gar nicht ansehen, die sind alle längst in seinem Kopf. Ich lese mit meiner einschläferndsten Stimme, aber als ich auf der letzten Seite ankomme, erkenne ich an den ruckartigen Bewegungen der Bettdecke, dass Linus noch mit den Füßen zappelt.

»Du schläfst nicht.«

Linus macht die Augen wieder auf.

»Gibt es denn gute Feen?«, bohrt er noch mal, und jetzt guckt er mich so hoffnungsvoll an, dass ich nicht anders kann.

»Ja. Ja, bestimmt gibt es die.« Bloß keine dämlichen Schnullerfeen, setze ich in Gedanken hinzu.

»Passen die auch auf mich auf, wenn ich schlafe?«

»Ja.«

»Und wenn ich im Kindergarten bin? Passen die dann auch auf oder denken die, es reicht, wenn die Erzieherinnen aufpassen?«

Das Erzieherinnenthema scheint ernster zu sein. Ich erwäge kurz, noch mal nachzuhaken, beschließe dann aber, dieses Problem auf die beiden Erziehungsberechtigten abzuwälzen.

»Ja, dann passen die Feen auch auf. Dann passen die sogar besonders gut auf.«

»Okay. Gute Nacht.«

Ich atme auf, klappe das Buch zu und knipse Linus' Nachttischlampe aus.

Gute Feen! Nur gut, dass keiner aus meiner Klasse gehört hat, was für einen Quatsch ich meinem eigenen Bruder auftische!

4.

Meine neue Klasse ist soweit in Ordnung. Ich meine damit: Unter den Mädchen ist mir noch keine Superzicke aufgefallen und unter den Jungs noch kein Superidiot. Es gibt witzigere und langweiligere, fleißige und faule Mitschüler, alles, was man in einer fünften Klasse erwarten kann. Es gibt keinen Außenseiter. Ich bin auch keine Außenseiterin. Also, es ist nicht so, dass ich gemobbt werde. Alle sind freundlich zu mir, plaudern mit mir und lassen mich im Notfall Hausaufgaben abschreiben. Ich habe gar keinen Grund, mich zu beschweren. Es ist halt nur komisch, dass keiner meiner Mitschüler mit mir befreundet sein möchte. Ich mache offenbar irgendetwas falsch. Es muss an mir liegen, denn im Hort ist es genauso.

In der Grundschule war es besser. Da hatte ich drei Freundinnen, obwohl ich mich nachmittags nicht so oft mit ihnen treffen konnte – ich musste ja nach der Schule immer zu Ljoba fahren.

»Es dauert eben ein bisschen«, hat Mama gesagt, »bis sich die neue Klasse sortiert hat und sich wieder Gruppen bilden können.«

Hm. Bei den anderen hat es merkwürdigerweise überhaupt nicht lang gedauert. Ungefähr vom dritten Tag an haben die aneinandergeklebt. Seither irre ich von Gruppe zu Gruppe, aber nichts hält mich irgendwo.

»Ist doch nicht so schlimm«, meint Mama. »Dafür gehst du ja in den Hort! Damit du nachmittags immer Kinder um dich hast.«

Als würde ich nicht nur deswegen in den Hort gehen, weil eine Tagesmutter meinen Eltern jetzt zu teuer ist!

Ich bin nicht das unbeliebteste Kind im Hort, noch lange nicht. Ganz unten steht Michel. Den kann wirklich keiner leiden, aber daran ist er selber schuld. Ich meine, man muss ja nicht zwingend wochenlang in alten, verschwitzten Klamotten herumlaufen, so reden, als hätte man eine Kartoffel im Mund, und sich selbst dabei noch für die coolste Lebensform im Universum halten!

Michel ist schon in der Siebten, aber er stellt dauernd irgendeinen Blödsinn an. Man muss auf alles gefasst sein. Mal sprüht er die Räume so mit seinem Deo-Spray voll, dass man nicht mehr darin atmen kann, mal bringt er den Computer zum Absturz, den wir nur für die Hausaufgaben nutzen dürfen, mal nimmt er einen kleineren Jungen in den Schwitzkasten, bis der beinahe blau anläuft, oder er bombardiert uns alle mit den Erbsen oder sogar den Karottenscheiben von seinem Teller. Er ist ein absolut unangenehmer Zeitgenosse und keiner würde ihn vermissen, wenn ihn heute Nacht irgendwelche Aliens für immer auf ihren entlegenen Planeten entführen würden. Na ja, die Aliens würden mir, ehrlich gesagt, echt leidtun!

Natürlich können Verona und Sven, unsere Betreuer, Michel auch nicht ausstehen. Und natürlich kann Michel Sven erst recht nicht ausstehen. Er macht sich über ihn lustig, wo er nur kann. Wenn Michel und Sven nebeneinanderstehen, kann man sich echt aussuchen, von wem einem schlecht wird.

Heute reagiere ich besonders schnell und habe wohl auch ein bisschen Glück, jedenfalls sitze ich beim Essen plötzlich neben Irina. Sie lächelt mir sogar freundlich zu, als ich mich setze. Ich grinse verkrampft zurück und schaffe es gerade noch, meinen Teller abzustellen, ohne ein Fleischklößchen über ihre neue helle Jeans kullern zu lassen.

»Ich kann Fleischklößchen nicht ausstehen«, sage ich und verziehe angewidert das Gesicht.

Im Hort über das Essen zu meckern, gehört zum guten Ton und hilft in der Regel, ein Gespräch unter Gleichgesinnten in Gang zu bringen.

»Ist mein Lieblingsessen«, antwortet Irina. Sie spießt ihre Gabel in ein Klößchen, hält es hoch und betrachtet es genießerisch. »Besonders in weißer Soße und mit Kapern.«

Jetzt weiß ich natürlich nicht mehr, was ich sagen soll.

»War nur ein Witz«, murmle ich.

»Was war nur ein Witz?«

»Dass ich keine Fleischklößchen mag.«

Jetzt sieht Irina mich an und runzelt ratlos die Stirn. Sie versteht den »Witz« nicht, kein Wunder. Jetzt habe ich mich noch mehr verheddert. »Es gibt Schlimmeres, meine ich«, füge ich noch hinzu.

Irina wendet ihren Blick ab. Ich habe mich denkbar bescheuert angestellt. Fieberhaft überlege ich, was ich noch tun könnte, um mein Konto wieder auszugleichen. Ihre Hose bewundern? Aber die hat sie gestern schon getragen, das käme also zu spät. Über einen Lehrer lästern? Wenn ich bloß wüsste, welche Lehrer Irina nicht ausstehen kann! Sie sitzt meistens mit großen, verträumten Augen im Unterricht. Die Lehrer bilden sich wahrscheinlich ein, dass sie von ihnen so hingerissen ist, aber ich glaube eher, dass Irina mit offenen Augen träumt. Wenn sie aufgerufen wird, ist sie nämlich meistens gar nicht bei der Sache. Aber sie kann so offen und unschuldig lächeln, dass sie selten ernsthaft Ärger bekommt.

Während ich die Fleischklößchen in mich hineinstopfe, weiß ich nicht mal mehr, ob sie mir schmecken oder nicht, so verwirrt bin ich. Eigentlich schmeckt mir im Hort gar nichts besonders gut. Nur einmal hat es bisher Schokopudding zum Nachtisch gegeben, der erträglich war. Ich frage mich, wie meine Mutter es verantworten kann, mich so schlecht zu ernähren. Zu Hause würde sie niemals verkochte Fertigprodukte auf den Tisch bringen. Zwar hat sie nur noch wenig Zeit zum Kochen, aber sie achtet beim Einkaufen immer auf Bio und darauf, dass alles möglichst frisch ist.

Während ich den letzten Löffel Reis zusammenkratze, überlege ich noch, ob ich Irina von der Schnullerfee erzählen soll – nein! Völlig daneben! – Oder dass mir in meinem Vogelbilder-Sammelalbum für die Sticker, die man in unserem Supermarkt bekommt, nur noch der Motmot, der Nashornvogel und das Gelege des Fliegenschnäppers fehlen? Aber wer weiß, ob Irina sich mit so etwas Kindischem wie Bilder sammeln überhaupt abgibt. Ich habe keine Ahnung, womit sie sich so beschäftigt.

»Was für Hobbys hast du?«, platze ich plötzlich heraus.

Irina zuckt richtig zusammen. Sie sieht mich an.

»Ist das hier eine Fernsehshow oder was?«

»Nein. Ich meine nur.«

»Ist meine Privatsache«, sagt Irina. »Vielleicht findest du es ja heraus.« Sie lacht. »Und du?«

Ich zucke nur mit den Achseln. Ehrlich gesagt, ich weiß im Moment gar nicht, was meine Hobbys sind. Bis vor Kurzem habe ich gern gemalt und gezeichnet, aber seit Linus immer mitmalen will, macht es keinen Spaß mehr. Mama meint, ich müsste ein Instrument lernen, aber ich habe keine Lust dazu.

Ich müsste mir echt ein paar interessantere Hobbys überlegen, die zu Leuten wie Irina passen.

Aber jetzt soll ich ja Hausaufgaben machen.

Mein Vater arbeitet in einem medizinischen Labor und kennt sich aus, und er sagt, dass man nach dem Essen nicht so gut denken kann, weil das ganze Blut in den Magen fließt und das Gehirn nicht richtig mit Sauerstoff versorgt wird. Aber von so etwas haben die im Hort ja keine Ahnung.

Ich bleibe absichtlich noch mal zwei Minuten sitzen, damit es nicht so aussieht, als würde ich Irina nachrennen. Erst dann hole ich meine Schulsachen. Im Arbeitsraum setze ich mich möglichst weit von ihr weg. Sie soll bloß nicht denken, dass ich unbedingt ihre Freundin werden möchte.

5.

»Hast du denn schon nette Freunde in der Schule?«, fragt Mama, während sie ihre verhassten hochhackigen Schuhe abstreift und mit erleichtertem Seufzen in ihre flachen Haus-und-Hof-Latschen schlüpft.

»Nein.«

Mama wirft mir einen kurzen, fragenden Blick zu. »Woran liegt's?«

Ich zucke mit den Achseln.

»Na, wird schon noch werden. Da sind doch bestimmt auch ein paar ganz sympathische Kinder.« Mama sieht sich zerstreut um. »Wo habe ich eigentlich meine Handtasche hingelegt? Da müsste mein Handy drin sein. Oder steckt es noch in der Jacke? Hoffentlich habe ich es nicht im Auto liegen lassen.« Sie sieht sich hektisch um, geht an die Garderobe und fühlt in den Taschen ihrer Jacke nach. »Nina, mein Schatz, könntest du mir mal helfen?«

Ich ziehe mein eigenes Handy aus der Tasche und tippe gelangweilt auf Mamas Nummer. Meine Mutter ist völlig hoffnungslos, was ihr Handy angeht. Sie hat offenbar noch nicht kapiert, wozu so was gut ist. Ihr Telefon befindet sich eigentlich nie da, wo sie sich selbst befindet. Einmal hatte sie schon Ärger mit ihren Chefs, weil die sie über Handy nicht erreichen konnten. Sie hat ihnen wohl die alte Geschichte aufgetischt, dass der Akku leer war. Die Chefs scheinen auch hinterm Mond zu leben, wenn sie diese abgenutzte Ausrede gefressen haben …

Jedenfalls hört man Mamas Handy nur ganz entfernt und erstickt irgendwo klingeln – Mama hat so einen Klavier-Klingelton ausgesucht, aufsteigende Akkorde, super nervig. Mama geht dem Klang nach und ich höre sie aus dem Schlafzimmer erleichtert: »Da ist es ja!«, rufen. Ich lege auf, stecke mein Handy ein und warte darauf, dass Mama zurückkommt und ich ihr erklären kann, warum es so schwierig ist, im Hort oder in meiner Klasse Freunde zu finden, obwohl durchaus einige Kinder ganz sympathisch sind, wie sie es nennt. Aber Mama kommt nicht wieder. Ich gehe ihr nach und sehe, dass sie sich mit geschlossenen Augen auf ihrem Bett ausgestreckt hat. Die Latschen hat sie dabei immer noch an den Füßen.

»Soll ich Linus aus dem Kindergarten holen?«, frage ich.

»Das wäre lieb von dir«, murmelt Mama, ohne die Augen aufzumachen. »Ich bin gerade so müde. Ich hatte einen richtig miesen Tag. Von allen Seiten werde ich angemeckert und darf noch nicht mal richtig auf den Putz hauen.«

»Klingt wie Schule«, stelle ich fest.

»Schlimmer«, seufzt Mama.

»Wozu soll ich dann erwachsen werden?«

»Du hast recht. Lass es lieber«, sagt Mama. »Pass auf, dass Josefine nicht rausschlüpft. Unten ist ständig die Haustür offen, das muss an den Handwerkern aus dem dritten Stock liegen.«

Derart aufgemuntert schlüpfe ich in meine Jacke, schiebe Josefine, die schon an der Wohnungstür lauert, zur Seite, und sause die Treppe runter. Linus wartet bestimmt schon. Er kann zwar noch nicht die Uhr lesen, aber ich weiß genau, dass er nervös wird, wenn die ersten Kinder aus dem Kindergarten abgeholt werden.

Wie erwartet sitzt er schon in Jacke und Schuhen im Flur.

»Ich hab gedacht, ihr habt mich vergessen«, sagt er niedergeschlagen.

»Blödsinn.« Ich zupfe ihm seine Mütze zurecht. »Wir vergessen dich schon nicht.«

Linus sieht mich so traurig an, dass ich stutze und mich nach der Erzieherin umsehe. Aber die winkt mir aus dem Nebenzimmer fröhlich zu. Ich kann mir nicht vorstellen, dass sie ein alter Drache ist.

»Die Erzieherin haut mich«, sagt Linus düster. Ich starre ihn an.

»Das glaube ich nicht.«

»Warum nicht?«

»Erzieherinnen dürfen die Kinder nicht hauen.«

»Stimmt.«

Ich schüttle den Kopf. »Was stimmt jetzt? Hat sie dich gehauen?«

»Nein.«

»Komm jetzt.« Ich nehme seine Hand und führe ihn aus der Tür. Wie immer, wenn ich Linus aus dem Kindergarten abhole, bin ich froh, als wieder frische Luft in meine Lunge strömt. Im Kindergarten herrscht so ein Muff aus nasser Windel und Knetgummi und Desinfektionsmittel und Mittagessen, schlimmer als in meinem Hort.

Ich fasse ganz spontan den kühnen Plan, nicht mehr in den Hort zu gehen, sondern Linus zu Hause zu betreuen, für ihn zu kochen und mit ihm zu spielen, damit er nicht in den Kindergarten muss.

Ich verwerfe meinen Plan wieder.

Meine Nerven würden das nicht aushalten.

6.

Mama und Papa sind längst schlafen gegangen, aber ich liege immer noch wach. Ich habe kein Licht mehr an, weil ein Schimmer durch den Ritz unter der Tür durchfällt, und ich möchte nicht ertappt und möglicherweise ausgefragt werden, nach dem Motto: »Was ist mit dir, warum schläfst du nicht, du musst doch schlafen, du hast doch keine Probleme …?« Also liege ich im Dunkeln und starre einfach vor mich hin, als würde sich, wenn ich nur lange genug hinsehe, vor mir im Schwarz eine Tür auftun und mir Durchlass gewähren zu einer Traumwelt, die nicht mit dem Klingeln des Weckers enden müsste. Natürlich habe ich keine Probleme. Probleme sind das, was unsere Nachbarin hat, deren Mann abgehauen ist, sodass sie die drei Kinder alleine durchbringen muss. Ein Problem hat Onkel Siegbert, der bei einem Unfall drei Finger seiner Hand verloren hat, sodass er nicht mehr als Installateur arbeiten kann. Probleme haben Mama und Papa, weil sie so viel arbeiten müssen und ständig übermüdet sind, und sich dabei noch mit ihren Chefs herumärgern müssen. Ich bin erst elf und kann noch keine Probleme haben, sagt Mama. Es ist also völlig übertrieben, dass ich mit offenen Augen im Dunkeln herumliege, auf die Geräusche im Haus lausche – einer meiner Eltern schnarcht, morgens streiten sie regelmäßig darüber, wer es wohl gewesen ist. Ich tippe eigentlich auf Mama, aber sie weist diesen Verdacht empört zurück.

Leider fallen mir so mitten in der Nacht immer lauter unangenehme Dinge ein. Zum Beispiel, dass ich vergessen habe, die Kurzgeschichte für Deutsch weiterzulesen, die wir im Unterricht angefangen haben. Ich erwäge kurz, das Licht einzuschalten und den Text noch zu lesen, lasse es aber dann doch. Meine Eltern haben irgendwelche eingebauten Spezialantennen, mit denen sie Bewegungen in den Kinderzimmern sofort registrieren. Außerdem ist es nicht wahrscheinlich, dass ich morgen drankomme. Ich war gestern erst diejenige, die den Hausaufgabentext zusammenfassen musste. Viel schlimmer ist – und das fällt mir jetzt auch ein – dass ich die Zeichnung für Bio nicht gemacht habe, die mit den Fröschen und den Kaulquappen und dem Teich und so weiter. Das schaffe ich morgen in der kleinen Pause nicht. Ich werde sagen, ich habe mein Heft vergessen. Genau, ich WERDE mein Heft vergessen, es morgen früh aus Versehen aus dem Rucksack nehmen und nicht wieder einpacken. Ich darf nur nicht rot werden. Ich habe keine Übung im Lügen. Meine Eltern haben mir beigebracht, dass man das nicht macht, dass man zu seinen Fehlern stehen und sie ausbaden muss. Ich finde, ausbaden ist ein scheußliches Wort. Es klingt so, als würde man in einer Suppe ausgekocht wie ein Rinderknochen, und auf der Oberfläche sammelt sich so eine widerliche Eiweiß-Bröckchen-Pampe und Fettaugen schwimmen herum und die ganze Wohnung riecht danach. Meine Mutter kocht natürlich keine Rinderknochen aus, nur mein Opa, der auf dem Land groß geworden ist und der deswegen vor nichts zurückschreckt. Ich will nicht ausgekocht-ausgebadet werden wegen so einer blöden Kleinigkeit wie einer Kaulquappe, fällt mir doch gar nicht ein. Ich werde ja gar nicht lügen. Es ist nur eine Ausrede, und Ausreden sind manchmal erlaubt, wenn es gar nicht anders geht.

Trotzdem schlafe ich weiterhin nur in kurzen Abschnitten. Als der Wecker klingelt, kriege ich kaum die Füße aus dem Bett. Immerhin erinnere ich mich gleich an meinen Plan, ziehe den Bio-Ordner aus dem Ranzen und stecke ihn in eine Schublade. Ich tappe ins Bad und versuche vor dem Spiegel, betroffen auszusehen.

Dabei muss ich lachen und das weckt mich so weit, dass ich ein halbes Brot essen und ein Glas Milch trinken kann. Josefine versucht, auf meinen Schoß zu springen, aber ich lasse sie nicht, weil sie gerade fürchterlich haart, und ich will nicht schuld sein, wenn in meiner Sitzreihe jemand einen Katzenallergie-Anfall kriegt. Schließlich ist Josefine beleidigt und springt auf Papas Stuhl. Mit großen orangefarbenen Augen betrachtet sie all die interessanten Dinge, die auf dem Frühstückstisch herumstehen. Ich decke sicherheitshalber die Butter zu und ziehe die Wurst ein Stück weg.

Mama ist schon unterwegs. Papa hat Linus geweckt und angezogen und schleppt ihn jetzt ins Bad, um ihm den Schlaf aus dem Gesicht zu schrubben. Linus schreit wie am Spieß. Ich höre genau, wie krampfhaft Papa sich bemüht, ruhig und freundlich zu bleiben. Er würde garantiert auch gerne schreien, aber das tut er nur ganz selten.

Dass ich mir mein Pausenbrot jetzt selbst schmiere, hat seine Vorteile. Es kommt nicht mehr drauf, was gesund ist, sondern ich nehme das, worauf ich gerade Lust habe, und das ist heute nun einmal Butter mit Erdnussbutter drauf, pures Fett also, dazu vier Kirschtomaten, bevor Linus sie alle auffrisst. Kirschtomaten eignen sich auch zum Abgeben, falls jemand fragt.

»Ich gehe dann!« Es ist nicht leicht, das Geschrei von Linus zu übertönen.

»Bis heute Abend! Viel Spaß!«, ruft Papa aus dem Bad. Er wünscht mir jeden Morgen viel Spaß, das ist so eine Art Running Gag, also ein Witz, der wie in einer Kinokomödie immer wieder kommt und trotzdem noch lustig sein soll. Mir ist niemand bekannt, der in der Schule viel Spaß hat. Vielleicht sollte ich Papa mal viel Spaß bei seiner Arbeit wünschen. Die muss ja fast genauso nervig sein wie die Schule, aber wenigstens kriegt er Geld dafür.

Während ich in Richtung Schule radle, versuche ich, an den Gesichtern der Passanten, Radfahrer und Autofahrer zu erkennen, ob sich irgendeiner von ihnen von diesem Tag viel Spaß verspricht. Das Ergebnis ist niederschmetternd. Ich tröste mich mit dem Gedanken, dass alle um diese Zeit noch viel zu müde sind, um fröhlich auszusehen.

In Bio glaubt mir meine Lehrerin sofort, dass ich meine Hausaufgaben zwar gemacht, aber leider daheim vergessen habe. Es ist fast enttäuschend, dass diese kleine Lüge einfach so glatt durchgeht und keiner die Sache wichtig nimmt. Ich hätte vielleicht sagen sollen, dass mein Pferd sie aufgefressen hat – ich habe natürlich kein Pferd, aber das ist dann ja auch egal – oder dass wir einen Wasserrohrbruch hatten und die Hausaufgaben leider nass geworden sind. Irgendetwas, das auch Aufmerksamkeit erregt. Ich glaube, Irina mag Pferde. Sie hat jedenfalls ein Mäppchen, einen Ordner und ein T-Shirt mit Pferden drauf. Wenn ich ein Pferd hätte, würde sie sich vermutlich für mich interessieren. Aber ich habe ja nur eine verfressene Katze, die bei jeder Gelegenheit abhaut und garantiert nie meine Hausaufgaben verspeisen wird, wenn es mir gerade in den Kram passt.

7.

Warum ich dann so eine Geschichte erzählt habe, ist mir im Nachhinein nicht ganz klar. Es war so ein komischer Einfall, der ausgesprochen war, bevor ich ihn richtig verstanden hatte. Ich hätte wissen müssen, dass so etwas alle möglichen peinlichen Folgen haben kann und dass das Leben keine Fernsehshow ist, in der sich sowieso keiner für die Wahrheit interessiert. Na gut, ehrlich gesagt, ich war einfach nur begeistert davon, wie gut so eine Lüge funktioniert.

»Weißt du was?«, sage ich zu Irina. »Ich kriege im nächsten Frühjahr ein Pferd.«

Es gibt gerade Mittagessen und Irina sitzt verblüffenderweise schon wieder neben mir: Es ist meine Chance.

Irina fällt fast die Gabel aus der Hand. Sie starrt mich mit ihren großen, durchscheinend blauen Augen an.

»Ein richtiges Pferd?«

»Na ja«, sage ich schnell. »Nicht so ein ganz großes wahrscheinlich. Mehr so was wie ein Pony.«

»Kannst du denn reiten?«

»Ein bisschen.«

Ich spüre, dass mich Panik wie eine kalte Sturmböe durchschüttelt. Was habe ich denn jetzt angestellt? Soll ich noch schnell anfügen: »War nur ein Witz«? Das könnte die Rettung sein. Aber Irina würde den Witz – zurecht – nicht verstehen und mich für völlig beschränkt halten und darauf achten, dass sie in nächster Zeit möglichst nicht mehr neben mir sitzt. Und sie würde es allen erzählen, und die würden mich dann auch für beschränkt halten und nie mehr neben mir sitzen wollen.

Es ist nicht so schlimm. Ich kann doch einfach ein bisschen Zeit vergehen lassen. In dieser Zeit wird Irina mich wenigstens beachten und dadurch feststellen, dass wir großartig zueinanderpassen. Wenn ich dann behaupte, dass meine Eltern es sich anders überlegt haben, ist es auch nicht so schlimm, weil wir dann schon Freundinnen sind und dazu kein Pferd mehr brauchen. Bis zum Frühjahr ist es noch lange hin. Oder ich habe Glück und kann meine Eltern überreden, mir dann wirklich ein eigenes Pferd zu kaufen. Allerdings stehen die Chancen dafür nicht besonders gut, denn im Moment sparen wir auf ein eigenes Haus. Überhaupt ist das der Grund, warum Mama ganztags arbeitet und dazu noch Überstunden macht. Sie hat gesagt, mit Papas Gehalt kommen wir nie aus der Mietwohnung raus und Miete ist rausgeschmissenes Geld.

Aber als ich Irinas hingerissene Miene sehe, schwinden alle Zweifel.

»Hast du es gut!« Das kommt aus tiefstem Herzen. »Ich kriege nie eins.«

»Hab ich auch immer gedacht«, sage ich und bin ganz erleichtert, weil das zur Abwechslung mal ein ehrlicher Satz ist.

»Du sagst das so cool. Ich würde jedem um den Hals fallen, wenn ich ein Pferd kriegen würde. Ich würde laut singen und vielleicht sogar …«, sie sieht sich um, »vielleicht sogar Sven küssen.«

Sie grinst. Ich folge ihrem Blick. Unser Betreuer kratzt gerade Soße aus dem Topf, sein Mund steht offen, wie immer, wenn er sich auf eine Sache konzentriert.

»Das glaube ich nicht!«, sage ich mit großer Überzeugung. »Den nicht!«

»Doch, wenn ich dafür ein Pferd kriegen würde, dann ja.«

Sie sieht mich erwartungsvoll an. Denkt sie etwa, ich müsste Sven jetzt küssen, nur wegen einem Pferd? Ich schüttle mich.

»Es dauert ja noch«, sage ich schnell. »Jetzt ist ja erst Oktober.«

»Kannst du dir aussuchen, was für ein Pferd?« Glücklicherweise hat Irina das Kuss-Thema verworfen. »Ich würde ja auf jeden Fall einen Schimmel nehmen. Wenigstens einen Apfelschimmel. Muss es denn unbedingt ein Pony sein? Das wird dir doch bald zu klein. Du könntest doch schon auf einem richtigen Pferd reiten, oder?«

»Wissen wir noch nicht. Wie gesagt, es hat ja noch Zeit.«

»Ich würde an nichts anderes mehr denken.« Irina verdreht sehnsüchtig die Augen. »Und wenn du es hast, zeigst du es mir dann? Darf ich es dann sehen?«

»Du darfst sogar drauf reiten«, antworte ich, als würde ich an meine eigenen Märchen glauben. Oje! Jetzt kann mich eigentlich nur noch eine gute Fee retten, die mir drei Wünsche erfüllt. Aber ich fürchte eher, dass eine böse Fee schon hämisch lachend überlegt, wann sie meine Lüge möglichst wirkungsvoll auffliegen lassen wird.

Zum Glück kippt Michel in diesem Moment seine Tortellini in Sahnesoße über Nicoles Hose, und das sieht so eklig aus, dass alle unbedingt mal gucken müssen, auch Irina und ich. Nicole heult und behauptet, dass Michel das extra gemacht hat, und Michel grinst und behauptet, das war ein Versehen, aber keiner glaubt ihm, weil er genau so ein Typ ist, der Mädchen absichtlich Tortellini über die Hose kippt.

Danach machen wir Hausaufgaben, und heute konzentriere ich mich ausnahmsweise richtig auf Englisch und Mathe, weil ich an nichts anderes denken möchte. Deswegen brauche ich auch viel länger als sonst und bin die Letzte, die das Arbeitszimmer verlässt und ins »Spielzimmer« rübergeht. Irina hat bereits angefangen, mit drei Freundinnen »Siedler« zu spielen. Als ich eintrete, sieht sie freundlich auf und fragt, ob ich noch mitspielen möchte, aber ich wehre schnell ab.

»Nein, ihr habt doch schon angefangen.«

Weil die anderen Mitspielerinnen mich auch nicht wirklich bedrängen, sondern genervt die Augenbrauen hochziehen, zuckt Irina mit den Achseln, lächelt noch einmal freundlich und wendet sich wieder ihrer Figur zu.

Mein Herz klopft ganz laut. Irina hat mich bemerkt. Sie hat sich mit mir unterhalten. Sie beneidet mich sogar. Es könnte ganz leicht sein, ihre Freundin zu werden. Vielleicht habe ich mir die ganze Zeit über nur eingebildet, dass sie niemanden braucht.

Ich gehe in die Küche und frage unsere Köchin, Frau Kremer, ob ich ihr beim Aufräumen helfen kann, und das, obwohl ich verschmierte Teller hasse. Aber sie sagt, sie ist schon fast fertig und geht gleich nach Hause. Sie rollt das R genauso wie meine Tagesmuter Ljoba, und ich kriege so eine Art Heimweh nach einem Ort, der gar nicht mein Zuhause ist.

Ich gehe zurück ins »Spielzimmer«, schlendere am Bücherregal entlang und ziehe einen Bildband heraus: »Pferderassen der Welt.« Er ist zerfleddert und abgeliebt von den vielen Kindern, die sich ein Pferd wünschen und natürlich nie eines kriegen. Ich schlage es auf. Es wird dringend Zeit, dass ich mich wenigstens über Pferde informiere. Ich muss nämlich zugeben, dass ich von diesen Viechern überhaupt keine Ahnung habe. Eigentlich fürchte ich mich sogar ein bisschen vor ihnen, besonders vor den ganz großen, wenn sie nervös ihre Riesenköpfe schütteln oder mit den Hufen scharren. Das muss anders werden, sonst fliegt mein Schwindel noch vor dem nächsten Frühling auf. Irina kennt sich garantiert bestens aus.

Eigentlich finde ich scheckige Pferde gut, aber ich stelle schnell fest, dass »Schecken« keine eigene Rasse sind. Nachdem ich das Buch dreimal durchgeblättert habe – glücklicherweise ist »Siedler« ein Spiel, das sich stundenlang hinziehen kann und Irina noch einige Zeit beschäftigen wird – entscheide ich mich insgeheim für ein Islandpferd. Das ist nicht so groß, sieht nicht nervös aus und hat angeblich eine sehr bequeme Gangart.

Ich schaue auf die große Uhr, die über dem Spieleregal hängt. Der Sekundenzeiger quält sich heftig, bis er eine ganze Runde geschafft hat, als wäre die Uhr mit durchsichtiger Gelatine angefüllt. Mir wird bei dieser Vorstellung ein bisschen schlecht. Ich stelle das Pferdebuch zurück ins Regal und sehe mich nach etwas um, das mich für den ätzenden Rest des Nachmittags be-

schäftigen könnte. Ich habe lange keine Armbänder mehr geflochten. Weil mir der Gedanke ganz tröstlich erscheint, hole ich mir den Karton mit dem Garn, suche drei schöne Farben aus – rosa, lila und gelb – und fange an zu flechten. Am Anfang zittern meine Finger noch ein bisschen, aber nach einer Weile hört das auf, und während ich so vor mich hin flechte, schwirren meine Gedanken davon, als würden sie auf meinem neuen Pferd reiten, das vor der Schule gewartet hat, die Straße hinunter, am Elektronikmarkt vorbei, dann aus der Stadt hinaus, auf den ersten Feldweg, immer weiter den Hügel hinauf bis in den Wald, wo die Kronen der Bäume über dem Weg ineinandergreifen und ein dichtes grünes Dach bilden, sodass mein Pferd und ich nicht einmal mehr von der Luft aus zu entdecken wären.

8.

Zu Hause denke ich noch eine Weile über meine Pferdegeschichte nach. Der Glanz meines Erfolgs verblasst allmählich. Je länger ich darüber nachdenke, desto weniger kann ich mich daran erinnern, was genau ich Irina erzählt habe. Hatte ich mich jetzt schon für eine Pferderasse entschieden? Und habe ich gesagt, wo wir das Pferd dann unterbringen? Ich versuche, mir unser Gespräch noch einmal genau in Erinnerung zu rufen, und dann nehme ich ein schönes Notizbuch mit einer jungen Katze auf dem Umschlag, schlage die dritte Seite auf und notiere alles über mein Pferd, was mir noch einfällt. Die ersten zwei Seiten sind noch leer, aber das ist Absicht. Ich möchte nicht, dass jemand, der dieses Heft zufällig aus Neugier aufschlägt, gleich die ganze Lügengeschichte sieht.

Nachdem ich alles über mein neues Islandpferd aufgeschrieben habe, ist mir wohler, und ich zucke nicht einmal mehr zusammen, als Mama plötzlich in meinem Zimmer steht:

»Bringst du noch den Müll runter?«

Dieser Satz tut nur so, als wäre er eine Frage. In Wirklichkeit ist er ein Befehl.

»Müll runterbringen« ist keine normale Verpflichtung wie Spülmaschine ausräumen, Zimmer staubsaugen oder ein Brot vom Bäcker holen. »Müll runterbringen« ist eine Strafe, eine Demütigung, eine Zumutung und fällt bestimmt unter Kindesmisshandlung. Müllsäcke stinken gottserbärmlich und sind aus so miesem Plastik hergestellt, dass sie ungefähr nach einem Stockwerk reißen, spätestens aber direkt vor dem Müllcontainer, sodass man noch mal hochgehen und eine Schippe holen muss, mit der man den Dreck beseitigt. Jedenfalls kann kein Mensch erwarten, dass ich diese miese Aufgabe einfach so übernehme, ohne zu meckern oder mit Türen zu knallen oder meinem Unmut auf sonstige Weise Ausdruck zu verleihen. Hoffentlich ist Linus bald groß genug, um solche Aufträge auszuführen. Im Moment ist er noch so klein, dass er selbst in den Müllsack hineinpassen würde.

Linus ist eben von seinem Besuch bei Frau Rettich, die über uns wohnt, zurückgekommen. Die macht einen auf Oma und steckt ihm gerne einen Keks zu, dafür muss er eine Weile auf ihrem Sofa sitzen und mit ihr irgendeinen Kram im Fernsehen angucken. Er zieht gerade die Schuhe aus und sieht mir interessiert zu, wie ich den Müllbeutel mit einem Griff packe, als möchte ich ihn erwürgen, und die Wohnungstür aufreiße. Ich stampfe die Treppe runter und drücke die Haustür auf.

Und erstarre.

Ein blaugrauer Schatten huscht wie der Blitz an mir vorbei: Josefine.

Mann! Ich habe vergessen, oben die Wohnungstür wieder zuzumachen.

Ich stelle den Müllsack ab und versuche, Josefine zu locken. Aber die sitzt bereits unter dem Papiercontainer und mustert mich aus ihren orangefarbenen Augen voller Misstrauen.

Ich wende mich ab und werfe den Müllbeutel ein – es ist vielleicht am besten, so zu tun, als wäre nichts.

»Komm wieder rein, Josefine«, sage ich ganz nebenbei.

Josefine kriecht auch wirklich unter dem Container hervor, aber sie kommt nicht zu mir, sondern springt mit einem eleganten Satz auf die Betonmauer und verschwindet auf dem Nachbargrundstück.

Mir wird ganz schlecht.

Mama hat mir schon tausendmal gesagt, dass ich die Wohnungstür immer geschlossen halten soll. Sie wird total sauer auf mich sein, und Papa wird mir wieder seinen großen Vortrag darüber halten, dass ich lernen muss, Verantwortung zu übernehmen und erwachsen zu werden und bla bla, und natürlich brauche ich dann gar nicht erst zu fragen, ob ich denn wirklich unbedingt in den Hort muss oder allein zu Hause bleiben darf oder wenigstens zu Ljoba zurückkann. Ich glaube, meine Eltern haben immer noch gar keine Ahnung davon, wie gerne ich wieder bei meiner Tagesmutter wäre.

Josefine kommt bestimmt wieder. Katzen kommen immer wieder. Ich werde einfach die Haustür offen lassen und von Zeit zu Zeit heimlich die Wohnungstür öffnen, um zu sehen, ob sie zurück ist. Ich muss niemandem etwas sagen. Schließlich ist es völlig normal, dass Katzen ab und zu draußen herumstreunen. Sie müssen das sogar! Reine Wohnungshaltung ist eine Art Tierquälerei. Im Nachbarhof gibt es wenigstens einen richtigen natürlichen Baum zum Krallen schärfen.

Ich gehe ganz leise wieder in die Wohnung. Linus ist nicht mehr im Flur. Offenbar hat er von Josefines Flucht nichts bemerkt. Ich schließe die Wohnungstür und verschwinde in meinem Zimmer. Tagsüber schläft Josefine meistens auf irgendeinem Stuhl. So schnell wird sie keiner vermissen. Wahrscheinlich ist sie wieder da, bevor jemand ihr Fehlen bemerkt.

Ich kann mich nicht wirklich auf meine Hausaufgaben konzentrieren. Ich habe meine Zimmertür offen gelassen und horche ständig, ob vor der Tür etwas miaut, aber es bleibt still. Nur einmal keucht Frau Rettich durchs Treppenhaus – sie keucht auch, wenn sie treppab geht – und einmal klingelt es irgendwo Sturm, wo offenbar keiner zu Hause ist.

Mama hat in der Küche gewerkelt, geht dann ins Wohnzimmer und macht das Radio an. Sie singt sogar ein bisschen mit, irgendeinen uralten Song aus ihrer längst vergangenen Kindheit, nehme ich an. Mein Herz klopft. Ich tippe sinnlos auf meinem iPod herum. Jetzt wird sie Josefine bestimmt gleich vermissen.

Vielleicht sollte ich losgehen und sie suchen. Aber dann weiß jeder, dass ich an ihrem Verschwinden schuld bin.

Es dauert noch einmal zwanzig Minuten, bis Mama in meiner Tür auftaucht.

»Ist Josefine bei dir?«

»Nein«, krächze ich. »Warum?«

»Weil ich sie nicht finde.«

»Ist sie nicht bei Linus?«

»Nein, da war ich schon. Im Wohnzimmer ist sie auch nicht. Hoffentlich haben wir sie nicht in irgendeinen Schrank gesperrt.«

»Oder in die Waschmaschine«, füge ich düster hinzu. Normalerweise mache ich keine so grausamen Scherze, aber diesmal weiß ich ja, dass es nur ein Scherz ist. Mama wirft mir einen vernichtenden Blick zu. Um sie zu versöhnen, erhebe ich mich, gehe an meinen Schrank und reiße beide Schranktüren auf. Zwei Sweatshirts, ein offenes Schlampermäppchen und drei Zeitschriften fallen heraus, aber von der Katze fehlt natürlich jede Spur.

»Merkwürdig«, sagt Mama. »Hat jemand die Wohnungstür aufgemacht?«

»Linus war bei Frau Rettich«, sage ich, ohne lang zu überlegen.

»Linus?« Mama geht aus meinem Zimmer. Mein Herz klopft. Ich weiß genau, dass ich ihr jetzt nachgehen und beichten muss, dass ich es war. Aber wie soll ich ihr erklären, dass ich nicht gleich die ganze Familie alarmiert und versucht habe, Josefine wieder einzufangen? Warum habe ich das eigentlich nicht getan? Ich verstehe es selbst nicht.

»Ich war's nicht!«, schreit Linus eben.

»Aber Linus«, sagt Mama beschwichtigend. »Du warst doch bei Frau Rettich, oder? Hast du die Wohnungstür denn gleich zugemacht oder nicht?«

»Ich hab sie gleich zugemacht.«

»Aber Josefine ist weg.«

»Aber ich war's nicht.«

Mama dreht sich nach mir um. »Geh doch mal durchs Haus und sieh nach, ob sie sich irgendwo versteckt hat. Vielleicht haben wir Glück und die Haustür unten war zufällig mal geschlossen.«

Ich nicke und sause aus der Wohnung, um Linus' Gejammer zu entgehen.

Es ist nicht so schlimm, dass ich ihm den Schwarzen Peter zugeschoben habe, sage ich mir. Linus ist erst drei und keiner erwartet von ihm, dass er Verantwortung übernimmt und sich wie ein Erwachsener verhält, also wird er nicht richtig Ärger kriegen. Mama und Papa werden sich höchstens selbst Vorwürfe machen, dass sie nicht aufgepasst haben, und das ist nicht weiter schlimm. Ich finde sowieso, dass Mama und Papa besser auf Linus aufpassen müssten, vor allem, wenn die Erzie-

herin im Kindergarten unfreundlich zu ihm ist. Die glauben, dadurch, dass sie für Kindergarten und Hort bezahlen, haben sie schon gut für uns gesorgt. Eigentlich wollen sie überhaupt nicht wissen, wie es uns geht.

Ich steigere mich in einen gerechten Zorn gegen meine Eltern hinein, während ich alle Stockwerke abklappere und nach Josefine suche. Je-

mand hat die Haustür geschlossen, sodass sie nicht wieder hereinkommen konnte. Ich gehe in den Hof und rufe. Und weil ich dann doch ein sehr schlechtes Gewissen habe, spurte ich aus dem Hofeingang und klingle irgendwo im Nachbarhaus. Das mache ich nicht gerne, aber ich habe das Gefühl, ich muss irgendwie Buße tun.

»Ja?«, keift eine Stimme.

»Können Sie aufmachen? Unsere Katze ist in Ihrem Hof«, sage ich und versuche, wie ein noch ganz kleines, verzweifeltes Kind zu klingen. Ich kriege keine Antwort, aber der Türöffner brummt immerhin. Ich drücke die schwere Holztür auf und renne an den Briefkästen vorbei in den Innenhof. Der sieht ganz anders aus als unserer, denn hier steht ein richtig großer Baum, mehrere Sträucher drängen sich in die Ecke, es gibt einen Sandkasten und sogar drei Sitzbänke. Nirgendwo ist auch nur ein Schnurrhaar von unserer Katze zu sehen. Ich krieche unter die Sträucher, schaue sogar in die abgestellten Kinderwagen … könnte ja sein, dass sich Josefine ein gemütliches Schlafplätzchen gesucht hat … aber sie bleibt verschwunden.

Erst in diesem Moment gestehe ich mir ein, dass ich ihre Flucht bisher nicht so ernst genommen habe. Aber was ist, wenn sie jetzt wirklich verschwunden ist? Wenn sie von einem Auto überfahren wird? Wenn jemand sie klaut? Ich bin doppelt schuld daran! Ich habe die Tür offen gelassen – das kann ja mal passieren –, aber dann habe ich aus Feigheit so getan, als wäre nichts, anstatt gleich hinter ihr herzulaufen und zu versuchen, sie wieder einzufangen.

Ich sehe mich um. Auch dieses Grundstück ist nur durch ziemlich niedrige Mauern von den Nachbarhöfen getrennt. Josefine kann längst woanders sein.

Deprimiert schleiche ich wieder in unseren Hof zurück. Soll ich Mama erzählen, ich hätte Josefine im Nachbarhof gesehen und sie sei mir entwischt? Nein, ich bringe im Moment nicht die Kraft für irgendwelche Lügengeschichten auf. Bisher habe ich ja noch nicht wirklich gelogen. Ich habe nur gesagt, dass Linus bei Frau Rettich war, und das ist doch die reine Wahrheit – oder? Ich kann nur hoffen, dass Linus sich nicht daran erinnert, dass ich den Müll runtergebracht habe.

Mama ist schon den Tränen nahe, als ich wieder in die Wohnung komme. Papa, der sich von seinem Laptop losgerissen hat, wirkt eher entnervt.

»Es ist eine Katze«, erklärt er ungeduldig. »Katzen streunen gerne und kommen wieder, wenn sie Hunger haben.«

»Aber sie kennt sich nicht aus! Wenn sie angefahren wird? Oder wenn ein Hund …«

»Sie wird sich schon zu helfen wissen.«

»Und ich war's nicht«, sagt Linus trotzig.

»So etwas kann passieren.« Papa legt ihm tröstend die Hand auf den Kopf. »Mach dir keine Sorgen. Josefine kommt zurück und nächstes Mal denkst du daran, dass du die Tür zumachen musst, ja?«

»Aber ich hab die Tür …«

Papa hört ihm gar nicht zu. Er geht zu Mama und legt ihr die Hand auf die Schulter: »Bitte reg dich nicht auf. Du bist sowieso nervös.«

»So, nerve ich dich vielleicht?«, faucht Mama. Papa zieht die Hand schnell zurück und geht brummelnd aus dem Zimmer.

Alle streiten sich und ich bin schuld.

Ich muss jetzt aufstehen und erklären, dass ich schuld bin.

Aber ich tue es nicht. Ich gehe schweigend in mein Zimmer, schlage mein Notizbuch mit dem Katzenbild auf, greife nach einem Stift und zögere.

Das muss ich jetzt nicht aufschreiben oder? Wenn ich hier meine Lügen notieren will, dann muss ich jetzt nichts schreiben. Wo habe ich den gelogen? Linus war bei Frau Rettich, das ist die pure Wahrheit.

Und trotzdem.

Ich schlage eine freie Seite auf und schreibe in deutlichen Buchstaben:

»Josefine ist weg.

Linus war bei Frau Rettich.«

Und nach kurzem Zögern notiere ich in kleinerer Schrift.

»Ich habe den Müll runtergebracht.«

Das muss reichen. Wenn jemand das liest, denkt er, ich führe ein wortkarges Tagebuch.

Ich klappe das Buch zu und sehe mich nach einem Versteck um. Für die Pferdegeschichte habe ich kein Versteck gebraucht, komisch. Wohl, weil sie keiner versteht, weil es einfach nur eine Geschichte ist.

Doof, dass in modernen Möbeln und modernen Zimmern keine Geheimfächer eingebaut sind, als hätten Menschen in der heutigen Zeit keine Geheimnisse mehr.

Schließlich entscheide ich mich für ein ziemlich einfallsloses Versteck unter der Matratze. Auf die Idee kommt natürlich jeder Einbrecherlehrling, aber ich muss mich ja nicht vor Einbrechern fürchten, nur vor meiner Familie.

9.

Ausgerechnet wenn ich wirklich allen Grund habe, mir Sorgen zu machen, kann ich manchmal besonders gut schlafen. Das klingt merkwürdig, aber was kann ich dagegen tun? Es ist, als würde einer bei mir so ein paar Sicherungen rausdrehen, damit nichts durchbrennen kann, und ich falle einfach in einen schwarzen, traumlosen und langen Schlaf. Ich hätte von mir eher erwartet, dass ich die ganze Nacht wach liege und auf Josefines Miauen lausche. Aber nichts dergleichen. Ich werde noch nicht einmal früh wach. Als mein Wecker klingelt, ist der übliche Ablauf schon in vollem Gange: Mama ist losgefahren, Papa mit Linus beschäftigt.

»Ist Josefine wieder da?«, frage ich Papa, der gerade im Wäschekorb nach einem gewaschenen, wenn auch ungebügelten Pulli für Linus gräbt.

Er schüttelt den Kopf. »Wenn sie heute nicht wiederkommt, müssen wir wohl Zettel aufhängen.«

Er sieht mich ernst an. »Ich habe eine Bitte: Mach Linus keine Vorwürfe. Er ist doch noch klein, da kann er nicht immer alles hundertprozentig richtig machen. Wir müssen selbst in Zukunft besser aufpassen, ja?«

»Ja«, murmle ich. Papa runzelt die Stirn.

»Versprichst du mir, dass du lieb zu ihm bist?«

Ich nicke stumm.

Papa seufzt. »Er behauptet steif und fest, dass er die Tür zugemacht hat. Aber er ist doch noch so klein, dass er nicht unterscheiden kann, was er sich wünscht und was wirklich passiert ist.«

»Glaubst du ihm nicht?« Jetzt sehe ich Papa direkt an.

Er lacht ein bisschen. »Ich glaube ihm, dass er mich nicht bewusst anlügt. Aber ich glaube auch, wie gesagt, dass er es selbst nicht unterscheiden kann.«

Ich finde Papa in diesem Moment so gemein, dass ich mein eigenes Schuldbewusstsein fast vergesse.

Papa zieht ein dunkelblaues Sweatshirt hervor, auf das ein Hai mit aufgerissenem Maul aufgedruckt ist.

»Linus mag den Pulli nicht«, sage ich. »Er hat Angst vor den Zähnen.«

Papa achtet nicht auf meinen Einwand. Er riecht nur an dem Pulli und nickt zufrieden. Ich beschließe, noch einen Anlauf zu machen, das bin ich ihm schuldig.

»Ich hole ihm einen anderen Pulli. Bitte.«

Papa wirft einen genervten Blick auf die Wanduhr, aber er nickt.

»Mach hin.«

Ich rase in Linus' Zimmer und fische ein Sweatshirt aus dem Schrank, ein rotes mit einem freundlich zwinkernden Auto drauf. Als Papa es geschafft hat, Linus diesen Pulli überzustreifen, geht es mir ein bisschen besser.

»Du siehst cool aus«, sage ich zu ihm.

Aber Linus sieht Papa an.

»Nina hat die Tür aufgelassen«, sagt er deutlich.

Mir wird kalt, als hätte jemand eben diese Tür aufgemacht und die kalte Luft aus dem Flur reingelassen.

»Darüber wollen wir jetzt nicht mehr reden«, sagt Papa munter. »Irgendjemand hat die Tür offen gelassen und Josefine sieht sich jetzt ein bisschen die Welt an, bevor sie wieder nach Hause kommt. Möchtest du Erdnussbutter oder Marmelade?«

»Nutella!« Linus schiebt die Unterlippe vor.

»Haben wir nicht.«

Linus schweigt und Papa schmiert ihm Erdbeermarmelade aufs Brot. Linus mustert mich vorwurfsvoll, aber er sagt nichts mehr. Ich stehe auf, nehme meinen Teller und stelle ihn in die Spülmaschine.

»Ich muss los«, sage ich, als ich mich wieder aufgerichtet habe.

Papa sieht auf. »Dann tschüs, bis heute Abend. Und viel Spaß.«

»Tschüs.«

Linus sagt nichts.

Na und? Ich habe ihn nicht angeschwärzt. Ich gehe noch mal zu ihm und streiche ihm über die Haare.

»Heute Abend ist Josefine wieder da«, verspreche ich einfach mal.

»Wie soll sie reinkommen? Es ist ja keiner zu Hause«, murmelt Linus. »Bestimmt ist sie weggegangen, weil nie jemand zu Hause ist.«

Papa sieht bestürzt auf. »Josefine ist eine Katze und Katzen sind Einzelgänger«, sagt er. Dann schneidet er das Marmeladebrot sehr ordentlich in mehrere ungefähr gleich große Stücke und schiebt Linus den Teller hin.

»Iss jetzt. Wir sind spät dran.«

Als ich die Wohnungstür öffne, hoffe ich inbrünstig, dass Josefine einfach davorsitzt. Dann würde sich die ganze Geschichte in Luft auflösen und es wäre völlig egal, wer nun die Tür offen gelassen hat, ob Linus es war oder ich oder sonst jemand. Aber auf dem Fußabstreifer vor der Tür kleben nur ein paar welke Blätter.

Weil das Tor zum Nachbarhof offen steht, sehe ich noch einmal unter den Sträuchern und in den Kinderwagen nach, aber nirgendwo ist auch nur ein Haar von Josefine zu finden. Danach muss ich mit dem Fahrrad rasen wie ein Rennfahrer und schaffe es gerade noch, gleichzeitig mit meinem Deutschlehrer Herrn Moser durch die Tür ins Klassenzimmer zu witschen. Er sieht mich ein bisschen kritisch an, sagt aber nichts, weil ich ja nicht wirklich zu spät gekommen bin.

Kurz darauf werde ich doch wach.

Herr Moser klopft mit den Fingerknöcheln aufs Pult, um unsere Aufmerksamkeit zu wecken.

»Bevor ich es vergesse: Wir haben an der Schule ein neues Angebot.«

Wir blinzeln nur müde, denn Angebote von der Schule können von Natur aus nicht besonders spannend sein.

»Wir werden eine Theater-AG einrichten«, erklärt Herr Moser, und das ist der Moment, in dem ich plötzlich hellwach bin. »Alle Interessierten treffen sich am Donnerstag nach der sechsten Stunde in der Aula, dort könnt ihr Näheres erfahren.«

»Was für ein Stück spielen die denn?«, fragt Janine neugierig, aber Herr Moser schüttelt den Kopf.

»Das steht noch nicht fest.«

Ich habe schon den Füller in der Hand und notiere mir den Termin in mein Aufgabenheft.

Theater!

Na ja, Film wäre noch besser, aber welche Schule hat schon eine vernünftige Filmkamera? Theater ist ein Anfang. In der Grundschule haben wir auch schon manchmal kleine Stücke gespielt und ich habe öfter eine Hauptrolle bekommen, weil ich nicht nuschle und nicht stottere und kein bisschen aufgeregt bin, wenn ich vor anderen Leuten etwas sagen muss. Ich mag das, mich verkleiden und so tun, als wäre ich jemand anders, und Dinge sagen, die ich im normalen Leben niemals sagen würde.

Ich nehme mir vor, Irina nachher gleich zu fragen, ob sie auch Lust hat, in der Theater-AG mitzumachen. Aber dann fällt mir die Sache mit dem Pferd ein. Womöglich hakt Irina wieder nach, und dann bleibt mir nichts anderes übrig, als den Schwindel aufzuklären. Vielleicht wäre es sowieso am besten, ich würde heute zu ihr hingehen und ihr erklären, dass das mit dem Pferd gar nicht stimmt. Nein, das kann ich nicht! Aber ich könnte ihr sagen, dass meine Eltern es sich überlegt haben und doch lieber noch warten wollen … oder dass ich beim Arzt war und der festgestellt hat, dass ich eine Pferdehaarallergie habe … nein, das wäre zu auffällig, nachdem ich Irina gerade gestern von meinem Pferd erzählt habe. Ich muss noch ein paar Tage warten, damit das überzeugender klingt.

Aber Irina ist heute gar nicht im Hort. Beim Essen sitzt ein blasser Junge neben mir, dessen Namen ich mir bisher nicht merken konnte. Er ist ganz in Ordnung, immerhin mag er seinen Schokopudding nicht und schenkt ihn mir. In diesem Moment tut es mir leid, dass ich seinen Namen nicht weiß, aber ich will ihn jetzt auch nicht danach fragen. Das würde nach ein paar Wochen im Hort ziemlich unhöflich wirken, finde ich. Weil ich aber etwas Nettes sagen möchte, erzähle ich ihm einfach von Josefine. Dass jemand die Tür offen gelassen hat, erwähne ich überhaupt nicht, sondern sage einfach nur, dass sie weggelaufen ist.

Der Junge sieht betreten auf seinen unbenutzten Dessertlöffel.

»Das ist ja doof«, sagt er. »Hoffentlich findet ihr sie wieder. Wie sieht sie denn aus?«

»Sie ist keine normale Katze, sondern eine Kartäuserkatze. Sie hat ein ganz weiches, silbergraues Fell und orangefarbene Augen.«

Der Junge sieht auf. »Wenn die wertvoll ist, hat sie vielleicht jemand geklaut.«

»Glaub ich nicht. Die ist zu scheu, die lässt sich nicht so leicht greifen.«

Der Junge nickt. Fast hätte ich ihn gefragt, ob er auch in die Theater-AG kommt, aber da steht er schon ohne weiteren Kommentar auf und bringt seinen Teller weg.

Im Arbeitsraum sitze ich in seiner Nähe, aber ich kann den Namen auf seinen Heften nicht lesen. Er hat eine sehr krakelige Schrift, die mir überhaupt nicht gefällt, weil sie so aussieht, als stamme sie von einem Drittklässler. Ich glaube, ich frage ihn doch nicht wegen der Theater-AG.

10.

»Wie läuft es denn im Hort?«, fragt Mama beim Abendessen munter. »Freunde gefunden?«

Sie macht verkrampft einen auf gute Laune, dabei ist sie schlecht drauf, weil Josefine nicht aufgetaucht ist. Linus hat vom Heulen rote Augen und mir ist ziemlich schlecht und Papa hat sich wegen der miserablen Stimmung wieder mit seinem Laptop verkrümelt. Ich glaube, ich bin verpflichtet, mit Mama über Erfreuliches zu reden.

»Na ja, da ist Irina. Irina ist nett.«

In Mamas Augen leuchtet es kurz auf.

»Irina? Das freut mich. Und sonst?«

»Ein Junge ist noch da.«

»Wie heißt der?«

»Vergessen.«

Mama schüttelt den Kopf.

»Und was ist jetzt mit Irina? Willst du sie mal einladen?«

»Wann denn? Nachmittags sind wir im Hort.«

»Na ja – vielleicht mal am Wochenende. Oder in den Ferien.«

»Vielleicht«, murmle ich abweisend. Irina hierher einladen? Ob sie wirklich kommen würde? Wir könnten uns dicke Sandwiches basteln und auf meinem Bett sitzen und uns eins meiner Lieblingshörspiele reinziehen, wie ich das früher mit meinen Freundinnen gemacht habe. Aber wenn sie Mama nach dem Pferd fragt? Nein, das geht nicht, kommt überhaupt nicht infrage. Jedenfalls nicht, bevor ich diese Lüge losgeworden bin.

Mama streicht mir über die Haare. »Du kannst sie auch beide einladen, das Mädchen und den Jungen. Du musst ihn aber vorher fragen, wie er heißt.« Sie grinst verschwörerisch. »Ich bin froh, wenn du endlich Anschluss findest«, fügt sie noch hinzu. »Ich habe den Eindruck, dir geht es in letzter Zeit nicht so gut.«

Ich nicke und greife nach meinem Saftglas.

»Warum hast du keinen Beruf, in dem man sich normal anziehen darf?«

Mama lässt mich los. »Wie meinst du das?«, fragt sie überrascht.

»Ich meine, du magst das doch alles gar nicht mit den hochhackigen Schuhen und den Kostümen und so.«

»Aber es gehört nun mal dazu.« Mama macht einen ganz deutlichen Punkt hinter ihrem Satz, der mir sagen soll, dass sie nicht weiter darüber reden will. Aber ich achte nicht darauf.

»Aber du bist eigentlich ganz anders. Du redest auch anders, wenn du mit deinem Büro telefonierst. Dann lachst du immer so und hast auch eine ganz andere Stimme.«

»Wen interessiert das schon?«, fragt Mama heftig. »Man spielt eben seine Rollen, so gut man kann.«

»Aber das ist nicht ehrlich.«

»Werde erst mal erwachsen, bevor du das beurteilst.« Jetzt ist Mama eingeschnappt. »Von meinem verachtenswerten Rollenspiel lebst du ganz gut. Unter anderem«, fügt sie noch schnell hinzu, denn natürlich verdient Papa auch Geld.

»Ich könnte das nicht«, murmle ich noch, weil ich mich nicht so schnell geschlagen geben will.

»Wir sprechen uns in zwanzig Jahren wieder«, sagt Mama. Es ist deutlich zu sehen, dass sie beleidigt ist. Sie presst die Lippen zusammen und ihre Bewegungen werden ganz eckig.

Linus hat die ganze Zeit überhaupt nichts gesagt. Er ist damit beschäftigt, die kleinen Brotecken, die Mama ihm geschnitten hat, zu immer neuen geometrischen Mustern zusammenzulegen. Nur die Essiggurke hat er gegessen. Ich schenke ihm meine Essiggurke, obwohl ich die auch gerne mag. Dann gehe ich an meinen Computer und suche ein Foto von Josefine, eins, auf dem man sie gut erkennt. Ich entwerfe einen Text dazu: »Wer hat Josefine gesehen? Graue Katze mit orangefarbenen Augen, verschwunden am 29.10. Es gibt Finderlohn.« Und dahinter notiere ich unsere Telefonnummern. Das mit dem Finderlohn habe ich einfach mal hingeschrieben, obwohl ich nicht sicher weiß, ob meine Eltern dafür bezahlen werden. Ich habe angespartes Taschengeld und kann das übernehmen. Dass Josefine eine Rassekatze ist, habe ich absichtlich nicht dazugeschrieben. Vielleicht hat schon jemand Josefine gefunden, der gar nicht weiß, wie wertvoll sie ist. Dann würde ihn das Plakat womöglich auf dumme Gedanken bringen.

Ich klopfe an Papas Tür und frage, ob ich seinen Drucker benutzen darf.

Er nickt und schielt über seinen Laptop hinweg zu mir herüber, als ich die Suchplakate ausdrucke. Dann steht er auf, nimmt eine Seite aus dem Drucker und studiert sie.

»Man kann sie nicht so gut erkennen«, sagt er. »Aber es wird reichen.«

Danke.

Den Papierstapel nehme ich mit und packe ihn in meine Schultasche. Ich kann morgen früher losgehen und unterwegs einige Plakate aufhängen. Vielleicht gebe ich auch dem namenlosen Jungen eins, damit er sich meldet, wenn er Josefine sieht.

Dann gehe ich doch noch mal in Linus' Zimmer. Linus malt gerade ein Haus mit unendlich vielen kleinen runden Fenstern. Es sieht eigentlich eher so aus, als hätte das Haus die Masern. Natürlich lobe ich das Bild trotzdem, bevor ich mit meiner eigentlichen Mitteilung rüberkomme.

»Du, Linus. Es gibt keine Schnullerfee.«

Linus malt noch mal einen besonders schönen Fensterkringel, dann sieht er auf und runzelt die Stirn.

»Was?«

»Die Geschichte mit der Schnullerfee. Die ist nur erfunden.«

Linus wirft den Kopf zurück und lacht. »Stimmt gar nicht. Die hat meinen Schnuller doch geholt.«

»Nein, hat sie nicht!«

»Und sie hat mir ein Auto geschenkt.« Jetzt schiebt er streitlustig die Unterlippe vor.

»Das Auto hat Mama gekauft. Im Supermarkt. Du weißt doch, dass es diese Autos im Supermarkt gibt.«

»Die Schnullerfee hat das Auto im Supermarkt gekauft.«

»Hat sie nicht!« Mir fällt auf, dass ich schon fast schreie. Ich atme tief durch, dann sage ich betont:

»Mama hat dich angelogen. Sie hat deinen Schnuller einfach weggeschmissen. Das wollte ich dir nur sagen.«

Linus blinzelt einmal, dann wendet er sich ab und malt weiter.

»DU lügst«, sagt er ganz ruhig.

Da bleibt mir nichts anderes übrig, als schweigend aus dem Zimmer zu gehen.

11.

Wieso muss denn ausgerechnet Michel bei der Theater-AG mitmachen? Mit dem hätte ich am wenigsten gerechnet. Was für eine ernst zu nehmende Rolle soll denn so ein Chaot spielen, bitte schön? Sollen wir uns jetzt mit diesem Typ gemeinsam schminken und umziehen? Er hätte mir richtig die Laune verderben können, wenn alles andere nicht so großartig gewesen wäre.

Wir werden Sprechtraining machen, damit wir unsere Sätze so betonen können wie Schauspieler, und Bewegungsübungen für die Bühne, und am Ende des Schuljahres werden wir natürlich ein richtiges Stück spielen. Welches, darüber dürfen wir selbst entscheiden. Und das Beste ist: Irina hat sich tatsächlich angemeldet.

Genau genommen könnte das für mich ein Nachteil sein – so eine wie Irina kriegt garantiert immer die allerbesten Rollen –, aber ich beschließe jetzt einfach mal, dass es ganz großartig ist und Punkt. Ich werde demnächst mit ihr gemeinsam meine Rollen einüben. An so wichtigen Tagen können wir natürlich nicht in den Hort gehen. Wir werden uns zusammen überlegen, welche Kostüme wir tragen. Es wird alles großartig werden. Außerdem habe ich das Glück, dass offenbar keine enge Freundin von Irina im Kurs ist und sie sich, wenn auch aus der Not heraus, gleich neben mich stellt.

Unsere Theaterlehrerin, Alma, ist schon ziemlich alt und zuerst bin ich beinahe erschrocken, als ich sie sah. Irina hat mich auch gleich bedeutungsvoll in die Rippen gestupst, und Michel hat laut irgendeine böse Bemerkung über die »Oma« geflüstert. Gerade weil ich Michel nicht ausstehen kann, habe ich in diesem Moment beschlossen, Alma eine Chance zu geben.

Und diese Chance hat sie ehrlich verdient. Kaum hat sie zu sprechen begonnen, vergisst man ihre knitterige Haut und ihre grauen Haare. Sie hat eine kräftige, fröhliche Stimme, und sie bewegt sich leicht, beinahe tänzerisch über die Bühne ... na ja, durch unseren Gymnastikraum eben. Sie warnt uns und sagt, dass Schauspielerei harte Arbeit ist, aber das glauben wir ihr natürlich nicht. Berühmte Schauspieler sehen niemals so abgeschafft aus wie Bergarbeiter oder Spitzenmanager! Alma stellt uns in Aussicht, dass wir nur richtig gut werden können, wenn wir Kritik aushalten, und wir nicken verständnisvoll. Und sie sagt, dass einer, der die anderen bei den Übungen auslacht, sofort aus dem Kurs fliegen wird, und alle sehen wie auf Kommando auf Michel, der in diesem Moment ausnahmsweise die Klappe hält. Ich hoffe, dass er schon heute jemanden blöd auslacht, dann sind wir ihn wenigstens los.

Dann stellen wir uns alle im Kreis auf und reichen uns einen Gegenstand weiter, den es gar nicht gibt. Das heißt, wir tun nur so. Zuerst erklärt Alma, es sei ein sehr schwerer Gegenstand, und wir keuchen und bücken uns bei der Übergabe weit vor. Dann soll es nur ein winziger Gegenstand sein, der leicht verloren gehen kann, und zuletzt sagt Alma: »Jetzt ist es ein kleiner Vogel. Passt gut auf, dass er nicht wegfliegt.«

Zuerst kichern wir ein bisschen, aber nach kurzer Zeit haben alle vergessen, dass sie nur reine Luft weitergeben, und als ich Irina den kleinen Vogel reiche, habe ich richtig Angst, dass sie ihn quetscht und ihm wehtut.

»Ihr macht das alle sehr gut«, stellt Alma zufrieden fest. Sie lässt sich den unsichtbaren Vogel reichen und wirft ihn in die Luft, damit er wegfliegen kann. Alle sehen ihm nach und müssen dann lachen.

»Dann sehen wir uns nächste Woche!«, ruft Alma. Schon vorbei!

»Ich fand's cool«, sagt Irina zufrieden, als wir unsere Schuhe anziehen.

»Ich auch!« Ich hätte ja nie gedacht, dass ich in dieser Schule irgendwas cool finden könnte.

Irina sieht auf die Uhr. »Weißt du, was es heute zu essen gibt?«

»Kaiserschmarren und Apfelmus.«

»Das geht ja noch.« Irina seufzt und steht auf. »Heute habe ich massenweise Hausaufgaben.«

»Ich nicht.«

Wir holen unsere Jacken von der Garderobe, hängen uns die Rucksäcke um und schlendern wie Freundinnen über den Hof. Der Wind hat aufgefrischt und ich friere ohne Jacke, aber das würde ich

nie zugeben. Wäre wirklich Unsinn, wenn ich mich jetzt beschweren würde! Das ist bisher überhaupt der beste Tag, seit ich in diese Schule gehe!

»Hast du dir dein Pferd schon ausgesucht?«, fragt Irina.

Sofort ist meine entspannte Stimmung dahin. Mist! Warum habe ich bloß mit dieser Geschichte angefangen? Durch die Theater-AG hätte ich mich vielleicht auch ohne Pferd mit Irina anfreunden können.

»Ach, weißt du ...«, stottere ich.

Irina nickt verständnisvoll. »Ich fände es auch ganz schön schwierig, mir ein Pferd auszusuchen. Ich meine, man muss ja sowieso erst mal sehen, ob man mit ihm klarkommt. Das dauert eine Weile. Ich hatte eine Zeit lang ein Pflegepferd, habe ich dir das erzählt? Aber seine Besitzerin ist umgezogen und hat es mitgenommen.«

»Cool. Ich meine, blöd.« Ich spüre, dass ich rot werde.

»Aber du lässt mich dann reiten, oder?« Irina bleibt stehen und sieht mich so voller Hoffnung an, dass meine Knie weich werden.

»Klar.«

Mist, Mist, Mist! Das wird immer schlimmer! Ich muss irgendeinen Umstand erfinden, warum es mit mir und dem Pferd doch ganz überraschend nichts werden kann. Ich könnte sagen, mein Vater hat unser ganzes Geld verspielt, mit Wetten auf Pferderennen oder so etwas. Mir wird schon etwas einfallen.

Wenn Irina erst mal enger mit mir befreundet ist, verliert die Sache mit dem Pferd ja auch an Bedeutung.

Um abzulenken, berichte ich Irina von Josefines Verschwinden.

Ich erzähle ihr einfach, dass Linus die Tür offen gelassen hat. Ich habe es ausgesprochen, bevor ich darüber nachdenken kann.

»Der Arme«, sagt Irina spontan. »Das tut ihm bestimmt total leid. Haben deine Eltern mit ihm geschimpft?«

Ich schüttle den Kopf. »Nein«, sage ich. »Sie haben gesagt, dass er noch klein ist und dass so etwas passieren kann.«

Irina nickt zufrieden. »Ich glaube, du hast nette Eltern.«

»Ja.«

Plötzlich habe ich Lust, ihr von Ljoba zu erzählen, aber wir sind an der Tür zum Hort angekommen, wischen uns die Schuhe ab und treten ein. Die überheizte Luft erstickt alle Gespräche und Gedanken. Im nächsten Moment ist Irina verschwunden, und als ich den Speiseraum betrete, sitzt sie zwischen zwei Mädchen aus der Siebten und erzählt ihnen begeistert von unserem Theaterkurs.

»Ihr müsst unbedingt auch mitmachen«, höre ich sie sagen.

Wozu braucht sie die Siebtklässlerinnen, wo sie doch mich hat?

Hat eine von denen etwa auch ein Pferd?

Der Kaiserschmarren schmeckt fade, der Puderzuckerstreuer ist so gut wie leer, weil Michel seinen Tischnachbarn ausführlich bepudert hat, und Sven und Verona sitzen mit angespannten Mienen am Tisch und beobachten uns, sodass man kaum in Ruhe kauen kann. Der namenlose Junge versucht, mir zuzulächeln, aber ich beachte ihn nicht.

12.

»Hast du die Englischarbeit schon zurück?«, fragt Papa nebenbei, während er die Post durchguckt.

»Nein«, lüge ich spontan. Komisch, plötzlich fällt es mir ganz leicht, die Unwahrheit zu sagen. Ich hätte schon früher darauf kommen können, dann hätte ich mir viel Ärger erspart.

Papa fragt nicht weiter nach, sondern wirft die Briefe voller Verachtung auf den Küchentisch. »Nur Müll.«

Ich muss die Englischarbeit eigentlich unterschreiben lassen, aber manchmal vergisst Herr Zange das auch und wir kommen so durch. Meine Eltern regen sich über schlechte Noten ganz unnötig auf, deswegen erzähle ich lieber nichts von meiner Fünf. Es ist sowieso nur ein Ausrutscher gewesen. In der nächsten Arbeit schaffe ich mindestens eine Zwei, das ist klar.

»Hat jemand angerufen?«, frage ich. »Wegen Josefine?«

Papa schüttelt den Kopf. »Wer weiß, ob sie überhaupt noch lebt«, sagt er nur. Ich starre ihn entsetzt an. Erst jetzt fällt ihm auf, dass er gerade etwas wenig Kindgerechtes ausgesprochen hat. Er sieht sich um, aber Linus sitzt bei Mama im Schlafzimmer und hat nichts gehört.

»Na ja«, sagt er betont munter. »Das ist natürlich Quatsch. Warum sollte sie nicht mehr leben. Katzen haben ja sieben Leben, wie man weiß.«

»Wie findest du Mama eigentlich schöner?«, frage ich. »Wenn sie normal ist oder wenn sie sich für ihr Büro aufmotzt?«

Papa antwortet nicht gleich. Ich wette, er überlegt, wie die richtige Antwort lautet, wie ein Kandidat bei einer Quizshow. Dabei habe ich ihn doch nur nach seiner eigenen Meinung gefragt, die nicht richtig oder falsch sein kann.

»Für mich bleibt sie immer deine Mutter«, sagt er schließlich vorsichtig. »Die Äußerlichkeiten sind doch nebensächlich.«

»Aber was gefällt dir?«

»Ich finde, es steht ihr ganz gut, wenn sie sich zurechtmacht.« Er lächelt. »Aber das heißt nicht, dass ich sie in Jogginghosen nicht mag.«

»Ich mag sie in Jogginghosen viel lieber.«

Papa sieht mir endlich in die Augen. »Es gefällt dir nicht, dass sie so viel arbeitet.«

»Nein.«

»Aber deine Mutter hat einen Beruf, einen Beruf, der ihr Spaß macht. Sie hat immerhin fast drei Jahre lang nur Teilzeit gearbeitet, wegen euch.«

Ich senke den Kopf.

Papa tätschelt mir die Schulter. »Du bist doch schon so groß. Du brauchst uns bald überhaupt nicht mehr.«

»Aber Linus ist noch klein.«

»Wir sind immer für euch da, das weißt du.«

Stimmt gar nicht, denke ich, aber ich spreche es nicht aus.

»Ich wünsche mir ein Pferd«, sage ich stattdessen.

Papa sieht mich verdutzt an, dann lacht er.

»Merk es dir für den Fall, dass eine gute Fee vorbeikommt.«

Ich werde wütend. »Aber ich wünsche mir wirklich eins! Und gute Feen gibt es nicht.«

Papa lächelt breit. Ich glaube, er findet es bloß rührend und typisch, dass ein Mädchen sich ein Pferd wünscht.

»Leider haben wir keinen Bauernhof«, sagt er.

»Ein Pferd kann man woanders unterstellen.«

Papa streicht mir über die Haare. »Du weißt doch, dass wir auf ein Haus sparen. Wir können uns nicht alles leisten.«

Wusste ich es doch. Ich wehre seine Hand ab und trete einen Schritt zurück.

»Ich brauche das Pferd aber.« Das klingt kindisch, ich weiß.

»Es geht bestimmt auch ohne«, sagt Papa knapp. Dann wird er wieder versöhnlich. Eigentlich schlägt er uns nicht gerne etwas ab.

»Vielleicht kannst du Reitstunden nehmen. Hör dich doch mal um.«

»Ich will keine Reitstunden, ich will ein Pferd.«

»Sei vernünftig.« Papa dreht sich weg und geht einfach ins Wohnzimmer. »Sieh zu, dass du in der Schule klarkommst.«

Ich höre, dass er den Fernseher einschaltet.

Was ist an Pferden unvernünftig, bitte schön? Warum sollte ich nicht reiten lernen können? Warum sollte ich nicht die Möglichkeit haben, meine Freundin Irina zum Reiten einzuladen?

Und wie soll ich in der Schule klarkommen, wenn ich keine Freundin haben kann?

Das Telefon klingelt. Keiner muckst sich. Papa und Mama bekommen wichtige Anrufe fast nur noch über ihr Handy. Sie haben schon gemeint, man könnte das Festnetztelefon eigentlich abschaffen, aber dann tun sie es doch nicht. Ich gehe ran. Eine fremde Frau ist am Telefon. Sie spricht nicht gut Deutsch und ich habe Mühe, sie zu verstehen. Aber dann kapiere ich, dass sie von einer Katze spricht.

»Josefine? Haben Sie Josefine gefunden?«

Ich verstehe immer noch nicht richtig, also sage ich hastig: »Moment bitte, ich hole meine Mutter!«

Mama, die Josefines Namen gehört hat, reißt mir schon den Hörer aus der Hand. Ich ziehe mich nur so weit zurück, dass ich noch ein bisschen lauschen kann. Mamas Stimme wird ganz quietschig und hoch, das ist ein gutes Zeichen. Mein Herz klopft wie verrückt.

Endlich legt Mama den Hörer auf. Sie wendet sich mir strahlend zu.

»Jemand hat sie gefunden! Josefine ist in Sicherheit!«

Mir fällt so ein großer Stein vom Herzen – ich finde es direkt verwunderlich, dass er nicht den Boden durchschlägt und in der Wohnung unter uns landet, im Flur von Herrn Dr. Moder, der leider wenig Humor hat und wahrscheinlich auch keine Katzen leiden kann.

»Holst du sie ab?«

»Ja natürlich. Sofort. Willst du mitkommen?«

»Ach na ja. Eigentlich nicht.«

Mama sieht mich erstaunt an. »Freust du dich nicht?«

»Doch, klar.«

»Ich fahre mit!« Linus fällt vor lauter Hast fast aus seinem Zimmer. Er sieht sich panisch nach seinen Schuhen um.

Ich gehe in mein Zimmer und mache die Tür hinter mir zu. Natürlich bin ich froh, dass Josefine wieder aufgetaucht ist. Aber eigentlich möchte ich sie gar nicht sehen. Dabei weiß ich genau, dass Katzen nicht sprechen können und Josefine mich daher auch nicht verraten kann.

Und mein Flunkertagebuch lesen kann sie erst recht nicht.

13.

»Ist deine Katze wieder aufgetaucht?«, fragt der namenlose Junge mitleidig. Er hat noch nicht mal gewartet, bis wir uns im Hort treffen, sondern ist in der großen Pause zu mir herübergekommen, obwohl alle anderen Jungs aus seiner Klasse es sehen können.

»Nein«, schwindle ich spontan.

Er macht große Augen. »Habt ihr im Tierheim nachgefragt?«

»Ja, natürlich.«

Er sieht verlegen zu Boden, als hätte er etwas ganz Dummes gefragt. Das wäre jetzt der Moment, in dem ich ihm erklären müsste, dass das alles gar nicht stimmt, dass Josefine wieder zu Hause ist und gestern Abend quietschvergnügt ihr Spezial-Willkommens-Lachsfutter-Döschen ausgeleckt hat. Keine Ahnung, warum ich es so genieße, dass der namenlose Junge sich wegen mir schlecht fühlt.

»Ich habe gestern so eine graue Katze gesehen«, sagt er. »Na ja, ich habe von Weitem gedacht, sie wäre eindeutig grau. Aber sie hatte doch ein paar Tigerstreifen. Außerdem war es ein Kater.«

Ich nicke traurig.

Ich gehe zu weit.

Es ist so ein ganz kleines, schwefelgelb-schwarzes Vergnügen, den Leuten etwas vorzuschwindeln, ein Vergnügen, das ich vorher nicht kannte. Ich weiß, dass es nicht in Ordnung ist, dass es fies von mir ist. Na und? Ich spiele eine Rolle, wie in der Theater-AG. Und dass der namenlose Junge mir beim Mittagessen wieder seinen Nachtisch schenkt, gehört zu diesem Stück dazu, obwohl ich rote Grütze gar nicht so wahnsinnig mag. In der Hausaufgabenzeit wirft er mir mehrfach mitfühlende, fragende Blicke zu, aber ich tue so, als würde ich es nicht bemerken.

Anstatt Hausaufgaben zu machen, würde ich lieber in meine Katzenkladde schreiben. Das wäre hier in der Betreuung natürlich sehr riskant, aber mir wäre wohler, wenn ich meine neue Schwindelei gleich festhalten könnte. Vielleicht sollte ich mein Flunkertagebuch immer mit in die Schule bringen, damit ich keine Fehler mache? Aber das wäre natürlich selbstmörderischer Wahnsinn!

»Der mag dich«, flüstert Irina. Sie sitzt neben mir und hat ihre Sachen ausgebreitet. Auf ihrem Ordner, ihrem Mäppchen, ihrem Füller und ihrem Sweatshirt sind Pferde abgebildet. Sie hat sogar eine Pferdespange im Haar, obwohl das ein bisschen kindisch aussieht.

»Mir doch egal.« Ich könnte Irina fragen, wie der Junge heißt, aber eigentlich muss ich das gar nicht wissen. Er muss keinen Namen haben. Mein Pferd wird einen Namen brauchen. Ich werde Irina nach den besten Pferdenamen fragen, sie kennt sich bestimmt aus.

Den Namen »Josefine« für unsere Katze hat Mama ausgesucht. Mir gefällt er gar nicht, er ist viel zu lang.

Plötzlich halte ich es im Hort kaum mehr aus. Ich bekomme rasende Kopfschmerzen. Die Stimmen der anderen hallen von den Wänden zurück, bohren sich in meinen Schädel, alles vibriert in mir. Ich will nicht hier sein!

Ich bin krank, ich muss nach Hause!

Für so einen Fall haben meine Eltern mit dem Hort vereinbart, dass die Betreuer einen von ihnen auf dem Handy anrufen und fragen, ob sie mich nach Hause gehen lassen dürfen. Zu Hause kann ich mich hinlegen und auf meine Eltern warten. Dass man es nicht in lärmenden, überfüllten Räumen aushält, wenn man krank ist, versteht jeder.

Verona und Sven sind trotzdem nicht begeistert, als ich ihnen mitteile, dass ich nach Hause will.

»Kannst du es nicht noch eine Weile aushalten?«, fragt Verona. »Später gehen wir an die frische Luft, da wird es bestimmt besser.«

»Aber ich halte es nicht mehr aus«, jammere ich.

»Na gut.« Verona seufzt. »Ich rufe deine Mutter an.«

Mama hat natürlich nichts dagegen.

Aber Verona ist immer noch eher ärgerlich als mitleidig. »Soll ich dir einen Begleiter mitgeben?«, knurrt sie.

»Nein!« Meine Ablehnung kommt ein bisschen zu hastig. »Ich schaffe das schon alleine.«

Verona sieht mich sehr kritisch an, aber dann zuckt sie mit den Achseln und schreibt etwas in ihr kleines Notizbuch. Vermutlich muss sie über uns Buch führen wie ein Verkäufer in seinem Laden über seine Waren Buch führen muss.

Ich gehe langsam die Treppe runter, obwohl ich am liebsten rennen möchte. Erst unten fällt mir auf, dass ich meinen Schulrucksack nicht mitgenommen habe. Einen Moment lang denke ich ernsthaft daran, ihn einfach zurückzulassen. Wer krank ist und Kopfschmerzen hat, der kann nicht denken, das ist doch klar. Aber dann drehe ich doch noch mal um und hole ihn mir.

Kaum stehe ich draußen an der frischen Luft, wird mir wirklich viel besser. Ich atme tief ein und gehe los. Ich bin frei. Und jetzt, wo die Kopfschmerzen sich schon ein bisschen zurückziehen, muss ich eigentlich gar nicht nach Hause gehen und mich hinlegen. Ich darf natürlich nicht einfach so in der Gegend herumstreunen, aber ich habe sowieso eine ganz andere Idee: Ich werde Ljoba besuchen, meine frühere Tagesmutter! Dazu muss ich ein Stück mit der Straßenbahn fahren, aber das macht nichts. Ich kenne mich gut aus und meine Monatskarte gilt für den ganzen Innenstadtbereich.

Mir kommt die Stadt heute groß und laut und aufregend vor, als würde an jeder Haltestelle ein Abenteuer auf mich warten. Trotzdem steige ich erst aus, als ich die Haltestelle um die Ecke von Ljobas Wohnung erreicht habe.

Ich könnte heulen, als ich sehe, dass auf der Werbetafel des Bäckers immer noch Zwetschgenkuchen angeboten wird, obwohl längst nicht mehr Zwetschgenzeit ist – als wäre die Zeit hier stehen geblieben und nur ich hätte mich entfernt. Weit entfernt habe ich mich, ohne es zu wollen.

Als ich klingle, habe ich ganz schön Herzklopfen. Was soll das, darf ich etwa nicht mehr hierherkommen? Ist es verboten, in die Vergangenheit zurückzukehren? Muss man sich von der Zeit einfach immer weiter voranschieben lassen und darf sich nicht mehr umsehen?

Einen Moment lang denke ich, dass Ljoba nicht da ist, dass sie mit ihren alten und neuen Pflegekindern einen Ausflug macht, vielleicht nur bis vorne zum Spielplatz, vielleicht auch einen richtigen Ausflug, ins Museum oder in den Zoo. Aber dann summt der Türöffner doch. Ich drücke die Haustür auf und atme den Treppenhausgeruch tief ein.

Komisch, dass dieses Treppenhaus so ganz anders riecht als unseres. Vielleicht benutzen sie hier ein anderes Putzmittel,

oder es liegt an dem stinkenden alten Wolfsspitz Benno aus dem vierten Stock oder an Herrn Kromitzecks Rasierwasser oder daran, dass Ljoba so gut kocht.

Ich gehe die Stufen hoch, alles ist so vertraut und doch schon ein bisschen fremd. Seit wann steht hier so eine halb tote Pflanze am Fenster, und wer hat im Flur einfach das Bild einer riesigen Brücke im Sonnenuntergang aufgehängt?

Aber dann fliege ich um Ljobas Hals und werde von ihr fast erdrückt. »Wie schön! Ich freue mich!«, ruft Ljoba. Sie lässt mich los und mustert mich fragend. »Wo ist Linus?«

»Im Kindergarten.«

Ljoba nickt. Sie seufzt. »Ich habe euch so vermisst.«

Ich müsste sagen, dass wir sie auch furchtbar vermissen, aber stattdessen frage ich: »Gibt es noch Essen?«

»Hast du etwa nichts zu essen bekommen?« Ljoba stemmt empört die Hände in die Hüften.

»Doch. Aber das Essen im Hort schmeckt nicht.«

Ljoba nickt zufrieden. Sie legt ihren Arm um mich und schiebt mich in ihre Wohnung. In der Tür zur Küche steht Mei-Linn. Sie strahlt, als sie mich erkennt, und streckt mir ihre Arme entgegen. Ich wuschle ihr durch die glatten schwarzen Haare und winke Jeremy zu, der gerade mit beiden Händen im Legoberg wühlt. Neben ihm sitzen zwei fremde Kinder, ein rothaariges Mädchen, das so aussieht, als wäre sie in der zweiten oder dritten Klasse, und ein kleiner pausbäckiger Junge, fast noch ein Baby, der jetzt einen großen Legostein ergreift, ihn interessiert mustert und versucht, ihn in den Mund zu stecken. Ljoba schnappt sich den kleinen Jungen und trägt ihn auf dem Arm in die Küche. Er schmiegt sein verklebtes Gesicht an ihres. Irgendwo tief in mir drin tut das weh, obwohl ich doch daran gewöhnt bin, dass Ljoba mit anderen Kindern schmust.

Ljoba setzt den Kleinen in einen Hochstuhl und stellt ihm einen Schnabelbecher voller Saft hin. Dann wendet sie sich mir zu. »Wie geht es dir?«

»Gut«, sage ich automatisch.

Sie mustert mich misstrauisch.

»Du siehst nicht so aus. Bist du krank?«

»Nein. Ja. Kopfschmerzen.« Ich zucke mit den Achseln.

Ljoba schaltet die Herdplatten unter zwei Töpfen an und setzt sich an den Tisch. Sie bedeutet mir, dass ich mich dazusetzen soll.

»Ist es nett im Hort? Nette Kinder?«

Um ein Haar hätte ich sie angelogen und behauptet, dass ich mich im Hort total wohlfühle, viele Freunde habe und so weiter. Als müsste ich mich an ihr rächen, weil ich nicht mehr bei ihr sein darf. Aber sie ist ja gar nicht schuld daran. Außerdem ist es unmöglich, ihr etwas vorzulügen, das geht einfach nicht. Also erzähle ich ihr alles so, wie es ist. Nur meine Pferde-Schwindeleien verschweige ich lieber, und dass Linus ganz zu Unrecht für Josefines Verschwinden verantwortlich gemacht wird, davon soll Ljoba lieber auch nichts wissen. Ich schäme mich vor ihr. In diesem Moment beschließe ich, nie wieder unehrlich zu sein.

Während ich noch rede, steht Ljoba auf und rührt in ihren

Töpfen. Sie nimmt einen Teller aus der Spülmaschine, häuft Kartoffelbrei und Fleischsoße darauf und stellt ihn mir hin. Es riecht so gut, dass ich gleich anfange zu essen. Ljoba sieht mir einen Moment lang schweigend zu. Der kleine Junge haut so heftig mit seiner Schnabeltasse auf seinen kleinen Tisch, dass ihm Saft um die Ohren spritzt, und lacht dabei laut.

»Das ist Emil«, sagt Ljoba. »Emil, das ist meine Nina.«

Emil kräht und stellt die Schnabeltasse auf den Kopf. Ljoba nimmt sie ihm ab und putzt ihm mit seinem Lätzchen über den Mund. Dann dreht sie sich wieder zu mir um.

»Und wie geht es Linus?«

Ich zucke mit den Achseln.

»Er mag seine Erzieherin nicht«, sage ich.

Ljoba seufzt.

»Linus ist ein Schatz«, sagt sie schließlich. »Seine Erzieherin wird es irgendwann merken. Und bei dir im Hort wird es bestimmt noch besser. Viele Dinge brauchen ihre Zeit. Auch Freundschaften.«

Ich senke den Kopf und bohre einen Krater in meinen Kartoffelbrei. Es ist klar, dass Ljoba nicht weiß, was sie sagen soll. Etwa, dass ich einfach wieder zu ihr kommen soll? Sie nimmt Kinder nicht auf, weil sie ihr leidtun, sondern weil sie dafür bezahlt wird. Um mich hat sie sich auch nur gekümmert, weil Mama und Papa ihr dafür Geld gegeben haben.

Aus dem Spielzimmer ruft jemand Ljobas Namen, ich glaube, es ist Jeremy. Ljoba steht auf, hebt Emil aus seinem Stuhl und geht mit ihm aus der Küche. Ich lasse meinen Blick wandern. Dort drüben hängen noch zwei Zeichnungen von mir, eine ganz alte, auf der man außer einer riesigen Blume nichts erkennen kann, und die ziemlich genaue Zeichnung einer Autofähre. Wie lange lässt Ljoba die wohl hängen? Irgendwann wird sie Platz für die Bilder ihrer neuen Tageskinder brauchen. Ich bin kurz davor, einfach aufzuspringen und meine eigenen Bilder abzunehmen, da kommt Ljoba wieder.

»Kannst du mir mit den Kleinen ein bisschen helfen?«, fragt sie. »Jeremy möchte aus den Legos einen Rennwagen bauen und kriegt es nicht hin. Du hast immer so schöne Sachen gebaut.«

»Klar.« Ich bin total froh, dass ich heute bei Ljoba spielen darf, als wäre ich selbst noch klein.

14.

Es war nicht besonders klug von mir, Ljoba nichts von meiner Krankmeldung zu erzählen. Dass meine Eltern sich aufregen, wenn ich zu Hause nicht ans Telefon gehe, hätte ich mir denken können.

»Du hättest direkt nach Hause gehen müssen!«, schimpft meine Mutter. Sie ist wütend und gleichzeitig erleichtert, dass ich wieder aufgetaucht bin. »Ich hätte beinahe schon die Polizei angerufen!«

»Ich habe meinen Hausschlüssel verloren«, murmle ich.

Mama stutzt. »Du konntest gar nicht rein?«, erkundigt sie sich bestürzt.

»Nein. Ich hatte keinen Schlüssel«, wiederhole ich.

Mama überlegt. Sie setzt sich dazu sogar hin. Die ganze Zeit hat sie vor mir gestanden und sich über mich gebeugt, als wollte sie mir gleich eine kleben, was sie niemals tun würde.

»Du hättest mich anrufen sollen«, sagt sie noch einmal. »Ljoba hat doch meine Nummer.«

»Ja. Stimmt.« Ich tue zerknirscht. »Aber Ljoba kann nichts dafür. Ich habe ihr nichts von meinem Schlüssel gesagt.«

In Wirklichkeit spüre ich schon, dass Mamas Zorn endgültig verraucht. Nur ein ganz kleines schwefelgelbes Zorn-Rauchfähnchen hängt noch in der Luft und wird jeden Moment verwehen. Ich bücke mich zu Josefine hinunter, die mir um die Beine streicht.

»Gut, dass sie wieder da ist«, sage ich.

»Ja.« Mama lacht ohne jede Fröhlichkeit. »Sie selbst scheint allerdings nicht so glücklich darüber zu sein. Schließlich muss es einen Grund dafür geben, dass sie mir heute in die Stiefel gekackt hat.«

Ich richte mich auf und starre sie entsetzt an. »Was? So was macht sie doch sonst nie.«

»Solche Dinge machen Katzen, wenn ihnen etwas nicht passt. Wenn sie zum Beispiel der Meinung sind, dass es viel schöner ist, draußen herumzustreunen, wo man jeden Moment von einem Auto überfahren oder von irgendeiner miesen Type geklaut werden kann.«

»Sie ist eben nicht gern allein.« Ich bücke mich wieder und nehme Josefine auf den Arm. Wie warm und weich sie ist! »Sie hat lieber Gesellschaft.«

»Ich kann ihr ja in Zukunft das Radio anlassen«, spöttelt Mama. »Aber mach dir keine Sorgen. Katzen sind Einzelgänger, die brauchen niemanden.«

Immer behaupten meine Eltern, dass Josefine niemanden braucht! Woher wollen sie das wissen, können sie neuerdings die Gedanken von Katzen lesen?

»Josefine ist aber vielleicht anders«, widerspreche ich. »Schließlich ist sie eine besondere Katze.« Plötzlich habe ich eine geniale Idee. »Wenn ich nach der Schule gleich nach Hause käme, dann wäre sie nicht so alleine.«

»Du kommst aber nicht gleich nach der Schule nach Hause.«

»Ich könnte aber doch.«

»Ich möchte nicht, dass du hier alleine herumsitzt.«

»Josefine ist ja da. Und ich könnte Linus abholen.«

»Sonst noch was?« Mama nimmt mich keinen Moment lang ernst. Nerven darf ich jetzt nicht, kann ja froh sein, dass sie nicht mehr wegen meinem Besuch bei Ljoba meckert. Aber ich bin nicht froh, ich bin stinksauer. Ich wünschte, Mama müsste mal an meiner Stelle in den Hort gehen und das schlechte Essen essen und sich von Michel ärgern lassen und diesen ständigen Krach aushalten!

Mama überlässt mich meinem Schicksal und wandert in Linus' Zimmer.

»Linus, räum deine Sachen auf! Der Sandmann kommt gleich!«

»War schon da«, höre ich Linus kläglich antworten. Ich weiß, dass er sich jetzt heftig die krümeligen Augen reibt. Schnullerfee, Sandmann, was noch alles?

Ich gehe in mein Zimmer und lege mich aufs Bett, was ich eigentlich schon vor Stunden hätte tun sollen. Ich habe keine Kopfschmerzen mehr, mir ist nur schwindlig und meine Augen brennen, als hätte ich geweint, aber das habe ich natürlich nicht.

Ich mache die Augen zu und lenke mich damit ab, dass ich mir Geschichten ausdenke. Geschichten, die ich Irina und dem namenlosen Jungen erzählen kann. Keine Lügen, nur Geschichten, wie die von der Zauberfee und vom Froschkönig und von Superman. Geschichten sind nichts Schlimmes und nichts, wofür man sich später entschuldigen muss.

Ich könnte die Geschichten vorsorglich in mein Notizbuch mit der Katze schreiben und sie erst später verwenden. Aber diese Idee verwerfe ich gleich wieder. Wenn ich nicht ganz streng nur das aufschreibe, was ich wirklich schon gesagt habe, dann komme ich am Ende vollkommen durcheinander. Es ist so schon alles kompliziert genug.

Eine der Geschichten gefällt mir so gut, dass ich sie am nächsten Tag gleich dem namenlosen Jungen erzähle. Sie handelt davon, dass Josefine in die Fänge einer Pelztierhändler-Bande geraten ist und mein

Vater sie – neben Hunderten anderer Katzen und Hunde – mit Hilfe der Polizei befreit hat.

»Mann.« Der namenlose Junge ist beeindruckt. »Steht das auch in der Zeitung?«

Ich schüttle den Kopf. »Nein, ist alles noch geheim. Die ermitteln ja noch gegen die übrigen Bandenmitglieder.«

»Und geht es ihr gut? Deiner Katze, meine ich.«

»Josefine? Na ja, sie ist natürlich verängstigt. Aber die Typen haben sie immerhin gut gefüttert, weil sie nur Pelze verkaufen können, die schön glänzen.«

Die Augen des namenlosen Jungen funkeln vor Zorn. »Das sind ja Schweine!«

Es gefällt mir, dass er so wütend ist, und das wegen einer Katze, die er überhaupt nicht kennt.

»Sie vergisst das alles bald«, sage ich. »Katzen haben kein so gutes Gedächtnis.«

»Meinst du?«

»Ja. Nur Elefanten haben ein gutes Gedächtnis.«

»Aber Elefanten haben keinen wertvollen Pelz«, stellt der Junge fest. Ich brauche einen Moment, bis ich den Zusammenhang kapiert habe, aber dann grinse ich. Der Typ ist vielleicht doch gar nicht so doof. Wenn Josefine tatsächlich einmal von Pelztierhändlern entführt wird, werde ich ihn fragen, ob er mir hilft, sie zu befreien. Kann sein, dass ihm einfällt, wie man Gangster austrickst. Sicher liest er jede Menge Krimis. Zur Belohnung für meine Geschichte schenkt er mir wieder seinen Nachtisch, obwohl er einen Moment lang zögert. Apfelmilchreis isst er wahrscheinlich selbst ganz gern. Weil ich dann doch ein schlechtes Gewissen habe, biete ich ihm an, mit mir zu teilen, aber er wird rot und schüttelt den Kopf.

»Nein, iss du ihn nur.«

Geschichtenerzähler waren in früheren Zeiten hoch angesehen, sind belohnt worden und haben bestimmt leckere Dinge zu essen bekommen.

Eine ganz andere Geschichte erzähle ich Irina. Eine, die ich mir speziell für sie ausgedacht habe: dass die Sache mit dem

Pferd jetzt doch unsicher ist, weil mein Vater demnächst eine Stelle im Ausland bekommt, nämlich in China, dass wir alle mitfahren und man natürlich kein Pferd nach China mitbringen darf.

»Warum nicht?« Irina ist richtig empört. »Die haben doch selbst auch Pferde.«

»Aber wir würden doch in einer von diesen Riesenstädten wohnen«, wende ich ein. »In einem Hochhaus. Vielleicht im siebenundzwanzigsten Stock.«

»Ach so.« Irina seufzt tief. »Das ist ja Pech. Könnt ihr überhaupt Chinesisch?«

»Noch nicht. Aber das lerne ich dann schon.«

Ich weiß nicht, ob das die beste Methode war, meine eigene wackelige Pferdegeschichte loszuwerden, aber immerhin sorgt eine neue Idee dafür, dass ich in Irinas Augen immer noch etwas Besonderes bin. »Du bist ein Glückskeks«, sagt sie.

Ich starre sie ratlos an.

»Na, die Glückskekse kommen doch auch aus China.« Irina lacht. »So etwas musst du aber wissen, wenn du in China leben willst.«

»Es wäre nur für eine Weile«, sage ich. »Und hundertprozentig sicher ist es noch nicht.«

»Mein Onkel fährt manchmal nach China. Er sagt, dass die dort sehr gutes Essen haben und dass es höflich ist, nach dem Essen laut zu rülpsen.«

Will sie mich jetzt auf den Arm nehmen? Hat sie womöglich durchschaut, dass ich nur Geschichten erzähle, und kontert jetzt mit einer eigenen Story? Aber sie guckt ganz ernst, seufzt dann sogar, sagt: »Schade mit dem Pferd«, und wendet sich ab. Ich atme tief durch. Vielleicht habe ich sie verloren, vielleicht auch nicht. Mir fällt gleich eine noch viel bessere Geschichte ein. Ich hätte nicht China sagen sollen, sondern Amerika, denn in Amerika ist viel Platz und man kann sehr gut Pferde halten. Ich hätte uns gleich eine ganze Pferdefarm in Amerika erfinden können, wenn ich schon damit anfange. Ich glaube nicht, dass Irina so weit übers Meer fliegen und das überprüfen würde. Es wäre alles viel einfacher. Meine Mutter fliegt geschäftlich wirklich oft nach Amerika und sie sagt, es gefällt ihr ganz gut, bis auf das Essen. Wer weiß, vielleicht hat sie ja wirklich schon einmal daran gedacht, dass wir auch in Amerika leben könnten?

Die Notizen in meinem Flunkertagebuch klingen jetzt so bunt und fantasievoll, dass mein Deutschlehrer Herr Moser mir vermutlich spontan eine gute Note verpassen und meine Eltern mir eine glänzende Zukunft als erfolgreiche Schriftstellerin voraussagen würden, falls sie alle es lesen könnten. Was sie natürlich nicht können.

Je öfter ich durchlese, was ich schon alles gelogen und geschrieben habe, desto merkwürdiger finde ich es, dass mir überhaupt ein Mensch meine Geschichten abkauft. Eigentlich sind sie doch alle selbst schuld, wenn sie so gutgläubig sind, oder? Ich meine, selbst Linus müsste nicht so dumm sein, die Sache mit der Schnullerfee zu glauben. Er glaubt sie garantiert nur deswegen, weil er sie glauben will. Und wenn man die Sache so betrachtet, tut man den Leuten eher noch einen Gefallen, indem man etwas Schönes zusammenlügt. Mama sieht das ja offenbar genauso.

15.

Während der Theater-AG vergisst man vollkommen, dass man sich in einem öden Schulhaus befindet. Man schlüpft einfach in eine andere Welt oder in ganz viele verschiedene andere Welten, man schlüpft aus sich heraus in andere Menschen hinein, und es ist ganz egal, was wahr ist und was erfunden. Wichtig ist nur, dass diese anderen Menschen sich echt anfühlen.

Wir haben eine Menge Pantomime-Übungen gemacht, das heißt, wir haben ohne Worte gespielt und ohne Gegenstände, so wie am ersten Tag, als wir unsichtbare Dinge im Kreis herumgehen ließen. Schon mehrfach hat Alma vor mir gestanden und »Sehr schön! Genau!«, gesagt. Sie hat nur mit ganz leiser Stimme gesprochen, aber ich konnte in ihren Augen sehen, dass sie sehr zufrieden mit mir war. Irina hat es auch gesehen und ganz ohne Neid gemeint, dass ich talentiert bin und bestimmt mal eine richtige Schauspielerin werde. Jetzt ärgere ich mich noch mehr, dass ich China erfunden habe und nicht Amerika, denn von Leuten, die in China berühmte Schauspieler werden, habe ich noch nie gehört.

Wenn wir Texte sprechen, ist die Schauspielerei schon schwieriger. Irina stöhnt über das Auswendiglernen, aber mir macht es gar nicht so viel aus. Ich schäme mich nur manchmal, wenn ich mich so verstellen muss.

Von mir aus könnte jeden Tag Theater-AG stattfinden, das wäre viel besser als der ewige Hort mit seinen sinnlosen Spielen und Hausaufgaben und seinem trostlosen Geruch nach aufgewärmtem Essen. Frisch zubereitetes Essen riecht ganz anders: nach Öl, das in der Pfanne brutzelt, nach frisch zugefügten Gewürzen und roh geschnittenem Gemüse.

Heute ist Irina nicht da und mit dem namenlosen Jungen möchte ich nicht reden. Ich halte es vor Langeweile kaum aus, aber ich kann mich nicht schon wieder wegen Kopfschmerzen nach Hause schicken lassen. Also sage ich wenigstens, dass ich mein Hausaufgabenheft im Klassenzimmer vergessen habe. Verona lässt mich sofort gehen. Ich sehe auf die Uhr. Wie viel Zeit kann man damit verbringen, sein Hausaufgabenheft zu suchen?

Im Schulhaus ist es ganz still, nur die Putzfrauen unterhalten sich in irgendeinem fernen Winkel. Ich kann nichts verstehen, weil ihre Stimmen im Treppenhaus hallen. Dann geht eine Bohnermaschine an und verschluckt das Geräusch meiner Schritte. Ohne richtigen Plan wandere ich bis zu unserem Theater-Proberaum. Wenn es doch schon wieder Donnerstag wäre!

Ich drücke auf die Türklinke und bin ganz überrascht, dass sie unter meiner Hand nachgibt. Mein Herz klopft laut. Hoffentlich platze ich nicht in irgendeine Probe! Aber im Raum ist es ganz still, und nach kurzem Zögern drücke ich die Tür ganz auf. Es ist dunkel, der Raum liegt im Keller und hat nur schmale Fensterschlitze. Ich schlüpfe hinein, schließe leise die Tür hinter mir und schalte die Neonröhren ein.

Wie ruhig es hier ist! Ich gehe bis in die Mitte des Raums und setze mich auf den weichen Boden, der süßlich nach Turnschuhen und Schweiß riecht. Ich schließe die Augen und will davon träumen, eine berühmte Schauspielerin in China zu sein, aber das grelle Licht stört, es dringt durch die Augenlider.

Erst einmal hat Alma für uns zwei dieser Scheinwerfer aufgebaut, einen roten und einen blauen, sodass alle gespenstische Gesichtsfarben hatten und merkwürdige Schatten an die Wände warfen. Natürlich haben die meisten von uns erst mal herumgealbert. Aber so ein bisschen Herzklopfen war auch dabei, bei mir jedenfalls. Im Scheinwerferlicht stehen, das ist etwas Besonderes, auch wenn es sich nur um einen rostigen Scheinwerfer im Keller unseres heruntergekommenen Schulhauses handelt!

Ich lausche, aber im Kellerflur ist es ganz still. Also ziehe ich einen Scheinwerfer aus dem Regal. Er ist ziemlich schwer und beinahe wäre er mir aus den Händen gefallen. Ich trage ihn in den Proberaum und sehe mich nach einer Steckdose um. Nur einen Augenblick lang möchte ich alleine im Scheinwerferlicht stehen.

Ich schalte den Scheinwerfer ein. Das Licht ist intensiv blau. Ich trete in den Lichtkegel und bewege ganz langsam die Arme, den Oberkörper. Dabei beobachte ich meinen Schatten an der Wand. Merkwürdig, allein durch den Scheinwerfer habe ich das Gefühl, ich würde mich selbst von außen beobachten. Es ist alles ein bisschen peinlich, aber aufregend. Vielleicht habe ich wirklich Talent und werde mein Leben im Licht solcher Scheinwerfer verbringen, natürlich nicht in irgendwelchen Kellerräumen, sondern auf den großen Bühnen der Welt, oder in einem Filmset.

Wenn einer jetzt nur diesen Schatten sehen würde, hätte er keine Ahnung, wer ich bin. Er würde sich vielleicht einen ganz anderen Menschen vorstellen. Ist das hier überhaupt ganz eindeutig mein Schatten oder sind seine Konturen viel zu ungenau und er könnte den verschiedensten Menschen gehören?

Es wäre gar nicht schlecht, wenn man seinen Schatten von Zeit zu Zeit allein losschicken könnte. Dann könnten die Menschen, mit denen man zu tun hat, hinter diesem Schatten viele Geheimnisse und Rätsel vermuten. Wer mich richtig sieht, erkennt gleich, dass ich nichts Geheimnisvolles an mir habe. Ich bin einfach nur ein elfjähriges Mädchen mit ersten Pickeln im Gesicht, einer Frisur, die immer knapp nicht mehr die coolste ist, und einer Zahnspange. Schatten haben keine Zahnspangen denke ich, und plötzlich trällere ich es leise vor mich hin: »Schatten haben keine, haben keine Spangen, keine Spangen auf den Zähnen ...«

Draußen poltert und klappert es. Ich zucke zusammen. Wenn jetzt der Putztrupp einmarschiert? Womöglich verpfeifen sie mich bei unserem Hausmeister, das wird richtig Ärger geben. Schnell ziehe ich den Stecker und packe den Scheinwerfer ins Regal. Die Tür öffne ich ganz vorsichtig, aber es steht niemand davor. Leise husche ich durchs Treppenhaus ins Freie und renne zurück zum Hort. Ein Aufgabenheft habe ich natürlich nicht dabei, aber Verona wird mir glauben, dass ich es nicht gefunden habe. An chaotische Schüler ist sie gewöhnt.

Als ich die überhitzten Räume des Horts betrete, habe ich das Gefühl, ich käme aus einer ganz anderen Welt, als hätte ich gerade heimlich durch ein Fenster gesehen, in eine leuchtend bunte Zukunft, von der außer mir keiner etwas weiß. Und mir ist, als hätte ich den Hort längst hinter mir gelassen, würde mich nur daran erinnern, dass es einmal so einen Ort gab. Vielleicht wird er in meinen Memoiren vorkommen, aber wahrscheinlich werde ich ihn in meinem aufregenden neuen Leben einfach vergessen.

Michels freundliche Ansprache weckt mich aus den Träumereien.

»Hey, du glotzt wie eine doofe alte Kuh auf der Weide.«

Ich reagiere nicht schnell genug, um ihm eine gute Antwort

um die Ohren hauen zu können. Also werfe ich ihm nur einen vernichtenden Blick zu. Aus den Augenwinkeln kriege ich mit, dass der namenlose Junge seinerseits versucht, mir einen verständnisvollen Blick zuzuwerfen. Aber ich sehe ihn nicht an. Dass er meine Geschichte vom Pelztierhändler geglaubt hat, beweist, wie doof er ist. So einen Deppen brauche ich doch gar nicht.

16.

Irina will alles Mögliche über unseren bevorstehenden Umzug nach China wissen. Sie löchert mich Tag für Tag, stellt eine Frage nach der anderen: wo wir wohnen werden, wo ich dann zur Schule gehe, ob ich jetzt schon ein bisschen Chinesisch lerne und ob ich auch schon gehört habe, dass man in China Hunde isst, und ob wir da überhaupt unsere Katze mitnehmen können?

Und Tag für Tag bereue ich meine blöde Idee. Warum habe ich Irina nicht einfach die Wahrheit gesagt? Oder ihr wenigstens erklärt, dass ich kein Pferd bekommen werde, sonst nichts? Nun bleibt mir nichts anderes übrig, als mich über China zu informieren.

Als Wohnort suche ich mir Schanghai aus, das kennt jeder und es liegt am Meer. Im Internet betrachte ich Fotos von den dicht gedrängt stehenden Wolkenkratzern, und mir wird so schwindlig, als müsste ich wirklich in so ein Gebirge aus Beton ziehen. Ja, ich gehe so weit, einen Sprachkurs für Chinesisch anzuklicken. Einiges schreibe ich mir in mein Katzentagebuch, das dadurch nach und nach eher einem Projekt für den Geografieunterricht ähnelt. Diese Informationen habe ich zwar noch nicht an den Mann gebracht, aber sie liegen sozusagen in Bereitschaft.

Irgendwann erkläre ich Irina dann, dass »Guten Tag« auf chinesisch »Ni hao« heißt, aber bei »Auf Wiedersehen« muss ich schon passen, das habe ich mir zwar auch aufgeschrieben, kann es mir aber einfach nicht merken.

»Damit kommst du aber nicht weit«, stellt Irina fest. »Wann geht es denn los?«

»Ich weiß noch nicht«, antworte ich ausweichend. »Kann sein, dass sich der Umzug noch verschiebt.«

»Vielleicht klappt es ja gar nicht.« Irina stupst mich an. »Dann hast du Glück und kriegst doch noch dein Pferd.«

Ich nicke nur.

An diesem Abend frage ich Papa ganz nebenbei, ob er eigentlich auch in China arbeiten könnte. Wir haben den Ofen angefeuert, das brennende Holz knackt leise und Josefine sitzt vor der Glasscheibe und sieht träumerisch in die Flammen.

»In China?« Papa runzelt die Stirn. »Was soll ich denn da?«

»Na ja. Ich denke, China ist so mächtig. Vielleicht wirst du arbeitslos und musst dir eine Stelle in China suchen.«

»Gott bewahre«, sagt Papa schnell. Er räuspert sich. »Das soll natürlich nicht heißen, dass China kein gutes Land wäre. Es ist sicher eine interessante Erfahrung, eine Weile dort zu leben. Bei uns ist ja auch nicht alles so toll. Aber ehrlich gesagt, ich würde lieber hierbleiben und mir solche Länder auf Urlaubsreisen ansehen.«

Ich runzle die Stirn. Wer hätte gedacht, dass mein Vater einer ist, der am liebsten zu Hause kleben bleibt!

»Aber wenn wir nach China ziehen würden«, bohre ich weiter, »könnten wir Josefine dann mitnehmen?«

Papa schüttelt den Kopf. »Worauf willst du eigentlich hinaus?«, fragt er ungeduldig. »Ich glaube, wir haben noch dringendere Probleme, oder?«

»Welche denn?«

»Nein, so meine ich das nicht Ich meine nur, dass ich mir jetzt keine Gedanken über Katzenhaltung in China machen werde.« Er bückt sich und streichelt Josefine über ihr ofenwarmes Fell. Sie lässt es geschehen, schnurrt aber nicht, sondern wendet ihm nur einen undurchdringlichen orange-gelben Blick zu. Ich werde das Gefühl einfach nicht los, dass Josefine nicht gerne bei uns wohnt. Richtig beschweren kann sie sich nicht, und seit ihrer letzten Flucht macht niemand mehr die Tür auf, ohne Josefine zuerst in einem

anderen Raum einzusperren. Ich würde mich so gerne mit ihr unterhalten und ihr erklären, wie unangenehm mir die Vorstellung ist, dass sie den ganzen Tag allein sein muss, dass ich lieber nach Hause kommen und mich um sie kümmern würde. Als hätte sie meine Gedanken gelesen, wendet sie den Kopf und sieht mich jetzt rätselnd an. Ich halte ihr die Hand hin und sie erhebt sich, riecht vorsichtig daran. Papa richtet sich beleidigt auf und nimmt sich den Wirtschaftsteil der Tageszeitung. Er setzt sich auf den Sessel, der direkt unter der Lampe steht. Ich gehe in mein Zimmer und knipse alle Lampen aus, bis auf die helle Halogenlampe am Schreibtisch. Die ist zu klein, um einen kompletten Schatten von Kopf bis Fuß an die Wand zu werfen. Aber wenn ich nur die Hände vor die Lampe halte, klappt es: Ich kann mit meinen Händen Hasen und Vögel entstehen lassen oder geheimnisvolle Geister. Ich sehe meinen eigenen, plötzlich fremden Händen so lange zu, dass ich dabei beinahe einschlafe. Aber dann ruft Linus mich aus dem Nebenzimmer. Ich zucke zusammen und knipse die Schreibtischlampe aus. Jetzt ist es in meinem Zimmer ganz dunkel, und ich mache es mir zur Aufgabe, die Tür zu erreichen, ohne irgendetwas umzustoßen oder einen Gegenstand kaputt zu treten.

Linus will mit mir spielen, ein Kartenspiel, bei dem es darauf ankommt, seine Mitspieler bewusst zu täuschen. Zum Beispiel legt man verdeckt eine Karte ab, auf der eine Orange aufgedruckt ist, und behauptet: »Apfel«. Dann müssen die Mitspieler ebenfalls Apfelkarten ablegen oder ebenfalls schummeln und sich dabei nicht ertappen lassen. Ich weiß nicht, warum Linus das so gerne spielt, er hat überhaupt kein Talent. Wenn er mich anschwindelt, biegt er sich vor Lachen und sieht mich so voller froher Erwartung an, dass ich gar nicht anders kann, als so zu tun, als würde ich mich von ihm täuschen lassen. Das ist auch eine Form von Lügen, aber Linus freut sich darüber, und deswegen ist es okay. Immerhin muss ich darüber nichts in meine Katzenkladde schreiben. Aber danach habe ich keine Lust mehr, ein Märchen vorzulesen, und das kleine blaue Auto, das angeblich die Schnullerfee mitgebracht hat, mag ich überhaupt nicht ansehen.

Übrigens lutscht Linus am Daumen, seit er keinen Schnuller mehr hat. Mama ist schon ganz verzweifelt und ich bin gespannt, was für eine Geschichte sie sich jetzt einfallen lässt. Die böse Daumenfee, die abgelutschte Daumen abbeißt und in ihr Reich verschleppt? Brrr!

»Ich habe heute Ljoba besucht«, sage ich, als Linus erfolgreich seine ganzen Obstkarten abgeworfen und danach einen Siegestanz durch sein Zimmer ausgeführt hat. »Ich soll dich grüßen.«

Linus sieht gar nicht auf. »Von wem?«

Ich starre ihn an. »Ljoba! Unsere Tagesmutter.«

Er reagiert immer noch nicht, sondern stapelt konzentriert die Karten aufeinander. Ich starre ihn an.

»Du erinnerst dich doch an sie, oder?«

Linus zögert. »Die Erzieherin ist nicht nett«, sagt er. Er weigert sich immer noch hartnäckig, den Namen seiner Erzieherin auszusprechen, Isabelle.

»Ich rede aber nicht von deiner Erzieherin. Ich rede von Ljoba. Die Wohnung mit dem Riesenberg Legos.«

Seine Miene erhellt sich. »Da war es schön!«, sagt er.

Ich nicke.

»Würdest du gerne in China wohnen?«, frage ich ihn, obwohl mir klar ist, dass er sich darunter nichts vorstellen kann.

»Okay«, antwortet Linus knapp und steht auf.

»Was machst du?«

»Ich könnte gleich packen. Meinst du, ich kann alle Autos mitnehmen?«

»Nein. Ich meine, du musst jetzt nicht packen. Wir wollen doch gar nicht nach China.«

»Doch. Ich will jetzt nach China. Du musst aber mitkommen.«

Ich gebe auf. »Gut. Aber wir brauchen zuerst ein Flugticket. Nach China kommt man nur mit dem Flugzeug.«

»Okay.« Linus zögert nur ganz kurz. »Ich packe schon mal.«

Ich gebe auf und sehe zu, wie Linus Spielzeugautos, Bilderbücher und drei Puzzles in eine alte Sporttasche stopft. Die

Puzzles kippen natürlich aus. Morgen werde ich das alles in Ruhe wieder ausräumen, aber jetzt tue ich einfach so, als wäre alles ein Spiel, und wenn ich Glück habe, sieht Linus es auch so.

In dieser Nacht lasse ich Josefine in meinem Bett schlafen. Also ehrlich gesagt, es war nicht ihre Idee. Ich musste sie in mein Zimmer tragen, und sie ist dreimal von meinem Bett abgesprungen, weil sie weiß, dass sie normalerweise nicht hineindarf. Aber dann nimmt sie das Angebot an, ringelt sich zusammen und schnurrt sogar ganz leise, was bei ihr wirklich selten vorkommt.

Sie ist garantiert froh, dass sie nachts nicht alleine ist.

17.

Der Reiz meiner Chinageschichte ist verblasst – Irina hat mich heute nur oberflächlich gegrüßt und sich dann die ganze Zeit mit einem Mädchen unterhalten, das in ihre Klasse geht, sehr große, sehr braune Augen hat und ständig lacht. Kann es sein, dass ich ihr zu miesepetrig und schlecht gelaunt bin? Ich gehe ins Bad und sehe in den Spiegel. Es stimmt, ich lache nicht viel, das sieht man mir wahrscheinlich an, und ich habe auch keine sehr großen, sehr braunen Augen, sondern normale, irgendwie blassgrau und sogar ein bisschen rot gerändert. Ich lächle angestrengt. Ich versuche, an etwas Lustiges zu denken, aber mir fällt nichts ein. Warum bin ich denn plötzlich so eine trübe Tasse geworden? Oder war ich schon immer so? Kein Wunder, dass keiner etwas mit mir zu tun haben will.

Wie kriegt Mama das hin? Sie kann einfach überzeugend lächeln, wenn sie das braucht. Ich werde das üben müssen. Schon wegen der Theater-AG.

Ich hätte Grund, gute Laune zu entwickeln: Die Theater-AG! Genau genommen die Tatsache, dass wir für die Theater-

AG einen Wochenend-Workshop veranstalten werden, und der findet noch nicht einmal in der Schule statt – die möchte man am Wochenende ja eigentlich nicht sehen –, sondern in einem Gemeindehaus, das auch eine kleine Bühne hat. Wir sollen Isomatten und Schlafsäcke mitbringen und natürlich Essen und Trinken.

Ich habe damit gerechnet, dass Mama gar nicht so begeistert ist, weil sie mich ja die Woche über kaum sieht und es nicht so gern hat, wenn ich dann das ganze Wochenende verschwinde. Aber ich habe mich mal wieder getäuscht. Sie drückt mich begeistert.

»Das ist doch super«, sagt sie. »Es ist so wichtig, dass du mal was mit anderen Kindern unternimmst.«

Meine Mutter findet es sehr merkwürdig, dass ich mich so selten verabrede. Ihre Idealvorstellung ist, dass ich mit einer coolen Clique herumziehe, coole Musik höre, coole Klamotten trage und überhaupt so bin, wie man als elfjähriges Mädchen zu sein hat.

Irina hat sich ebenfalls für den Workshop angemeldet, ihre Eltern finden das auch richtig gut.

»Nehmen wir Taschenlampen mit?«, fragt sie und sieht mit ihrer Pferde-Haarspange und den großen blauen Augen plötzlich wieder jünger aus. »Wir könnten vielleicht eine Nachtwanderung machen.«

»Cool«, sage ich. »Machen wir.«

Irina geht zu dem braunhaarigen, ständig lächelnden Mädchen und flüstert ihr etwas zu. Wahrscheinlich plant sie auch sie für ihre Nachtwanderung ein. Ich grüble schon die ganze Zeit, ob mir nicht noch eine Geschichte einfällt, die besser ist als die mit dem Pferd oder die mit China. Aber die Kanäle meiner Fantasie sind irgendwie verstopft.

Bei jeder Gelegenheit setzt sich jetzt der namenlose Junge neben mich und lässt sich nicht davon abschrecken, dass ich praktisch gar nicht mit ihm rede. Er hat sogar schon mal gefragt, ob in der Theater-AG noch Platz ist, aber ich habe gesagt, wir sind schon vollzählig. So wichtig war es ihm offenbar auch nicht, denn er hat mit den Schultern gezuckt und nicht mehr über das Thema geredet.

Aber dann kommt Irina doch noch einmal auf mich zu.

»Meine Mutter fährt mich am Wochenende«, sagt sie. »Wenn du magst, kannst du mitfahren. Wir holen dich ab. Ich wollte gerne mal sehen, wo du wohnst.«

»Cool!«, sage ich spontan. Heißt das, dass Irina meine Freundin ist? Hat sie auch das ständig lächelnde Mädchen gefragt oder nur und speziell mich?

Aber dann fällt mir etwas ein und ich mache schnell einen Rückzieher. »Nein, weißt du, ich kann auch mit dem Bus fahren.«

»Ich würde aber gerne deine Familie kennenlernen. Bevor ihr alle nach China verschwindet.«

»Nein, weißt du …« Ich fange an zu stottern. »Das mit China … mein Vater ist bestimmt gar nicht da … und meine Mutter… wir müssen sowieso in die Stadt fahren, und meine Mutter bringt mich dann vorbei …«

Irina sieht mich forschend an und runzelt die Stirn.

»Na gut«, sagt sie zögernd. »Wenn du es dir anders überlegst, sag Bescheid.«

»Mach ich. Danke.« Ich glaube, ich schwitze. Ich muss schnellstens irgendeinen Fluchtweg aus meinem Lügendickicht finden! Was wird passieren, wenn meine Eltern mich am Ende des Workshops abholen und Irina sie dann auf den Umzug nach China anspricht? Und dann vielleicht gleich noch nach dem Pferd fragt? Zu gefährlich. Ich muss meine Eltern bitten, mich irgendwo um die Ecke abzuholen, wo Irina sie nicht sieht. Bloß – wie soll ich ihnen das erklären?

Irgendwie wird mein Leben von Tag zu Tag komplizierter, und das, obwohl ich mir sehr gewissenhaft jede Lüge aufschreibe. Zum Beispiel hätte ich meinen Eltern besser beichten sollen, dass ich gestern die Mathearbeit geschwänzt habe. Es war so: Ich konnte einfach nicht hingehen, weil ich nicht gelernt hatte, und weil mir ein bisschen schlecht war und schwindlig. Natürlich brauche ich eine Entschuldigung. Wenn ich Mama erzähle, dass mir schlecht war, wird sie mir schon eine schreiben. Mir war schlecht, ganz im Ernst. Ich bin spazieren gegangen und hatte heftig Herzklopfen, weil man das Schulgelände eigentlich nicht verlassen darf. Wenigstens war es schon nach der fünften Stunde und den Leuten, die im Viertel unterwegs waren, ist nicht aufgefallen, dass ich eigentlich in der Schule hätte sein müssen. Im kleinen Park vor der Kirche traf ich eine Katze, ein Tier, das viel hässlicher war als unsere Josefine, zerzaust und struppig, schmutzig weiß mit einem einzigen schwarzen Fleck auf dem Hinterbein. Sie saß ganz vergnügt in der Sonne und sah dem welken Laub zu, das der Wind vor sich her trieb. Manchmal zuckte sie ein bisschen, als würde sie gleich aufspringen und ein Blatt jagen, aber dann blieb sie doch sitzen. Offenbar war es in der Sonne unheimlich gemütlich. Dabei ist mir aufgefallen, dass Josefine nie in der Sonne sitzen und auch kein Laub jagen kann. Sie kauert manchmal am Fenster und starrt auf die Straße, aber sieht dabei nie so entspannt aus wie die freie Katze im Park. Ich glaube, sie würde gerne mit dieser Katze hier tauschen. Vielleicht haben es Katzen, die nicht so wunderschön geboren werden wie Josefine, letztendlich doch besser.

Ich habe versucht, die fremde Katze zu streicheln, aber sie sah mich nur empört an, ging ein paar Meter weiter und setzte sich wieder in die Sonne. Sie brauchte offenbar keinen, der nett zu ihr ist. Also ließ ich sie in Ruhe.

Gestern Nachmittag habe ich mich dann noch einmal aus dem Hort geschlichen und mich eine Weile im Gymnastikraum versteckt, mir wie beim vorigen Mal die Scheinwerfer eingeschaltet und für den Workshop geübt. Ich würde auch zu Hause gerne üben, aber da bin ich ja nur abends und am Wochenende und meine Ruhe habe ich nie.

»Wie kommst du eigentlich morgen zu deinem Workshop?«, fragt Mama am späten Freitagabend, als wir gemeinsam den Tisch abräumen.

Ich bin gerade tief in Gedanken, weil ich nicht weiß, ob ich mein Flunkertagebuch vorsichtshalber mitnehmen soll – ich brauche es unter Umständen, damit ich mich nicht vollkommen verheddere –, oder ob ich es doch besser daheim lasse, und falls ja, ob es nicht ein noch sichereres Versteck dafür gibt. Es kann immer vorkommen, dass Eltern die Abwesenheit eines Kindes für umfangreiche Säuberungsaktionen nutzen. Keine Ahnung, ob sie mit meinem Notizbuch etwas anfangen könnten, aber das Risiko möchte ich lieber nicht eingehen.

»Ich nehme den Bus«, sage ich schnell.

»Das ist doch nicht nötig.« Mama lächelt. »Ich fahr dich hin. Du hast doch Isomatte und Schlafsack und den ganzen Kram. Außerdem wollte ich mir deine Theater-Lehrerin gerne mal ansehen.«

»Nein, wir treffen uns … weißt du, Irina fährt mit demselben Bus.«

Mamas Gesicht leuchtet auf. »Ich kann Irina doch auch mitnehmen!«

»Nein. Wir wollen mit dem Bus fahren. Bitte.« Mama sieht

mich verwundert an. Ich hole noch mal tief Luft. »Du sagst doch immer, ich soll ein bisschen selbstständiger werden.«

»Na gut.« Mama zuckt gekränkt mit den Schultern und wendet sich der Spülmaschine zu. Ich atme auf.

»Hat Josefine schon was gefressen?«, frage ich, um abzulenken und gleichzeitig einen guten Eindruck zu machen.

»Nein. Fütterst du sie gleich?«

»Klar.«

Ich locke Josefine von ihrem Lieblingskissen. Sie sieht mich argwöhnisch an, als würde sie in mich hineinsehen und dabei allerlei entdecken, was ihr nicht gefällt. Nicht einmal ihr Futter nimmt sie von mir ohne zu zögern an.

»Josefine benimmt sich merkwürdig«, sage ich.

»Wer weiß, was ihr draußen passiert ist.« Mama lässt die Klappe der Spülmaschine zufallen und sieht sich um.

»Vielleicht etwas Gutes. Vielleicht gefällt es ihr hier nicht mehr.«

Mama wirft mir einen vernichtenden Blick zu. Ich gebe zu, das war schon wieder nicht die geschickteste Bemerkung. Aber ich habe wirklich den Eindruck, dass Josefine am liebsten ganz von uns weglaufen würde. Sie gibt sich überhaupt keine Mühe mehr, sich mit uns gutzustellen. Sie ist eben eine Katze und macht niemandem etwas vor.

18.

Ich möchte wirklich wissen, was Michel in unserer Theatergruppe sucht. Vielleicht haben seine Eltern die Hoffnung, dass er als perfekter Bösewicht für die Bühne entdeckt wird oder wenigstens als Clown, wenn schon sonst nichts aus ihm wird. Jedenfalls sieht er nicht so aus, als wäre es seine Idee gewesen. Er schlurft mit angewiderter Miene in den Raum, schmeißt seinen Schlafsack und seine Tasche unsanft hin, und guckt an die Decke, als würde ihn alles überhaupt nichts angehen. Ich hoffe, er benimmt sich heute so schlecht, dass Alma ihn nach Hause schickt. Es kann gut sein, dass er uns das ganze Wochenende vermiest.

Irina grüßt mich freundschaftlich und setzt sich dann doch in eine andere Ecke. Hoffentlich schaffe ich es, meine Isomatte neben der ihren auszurollen. Ich wüsste überhaupt nicht, neben wem ich sonst schlafen soll. Nicht mal der namenlose Junge ist hier. Ich hätte ihm vielleicht doch verraten sollen, dass es noch freie Plätze in der Theatergruppe gibt.

»Mussten wir eigentlich auch Getränke mitbringen?«, fragt ein älteres Mädchen mit langen, rotblonden Haaren.

Es dauert einen Moment, bis ich kapiere, dass sie mit mir spricht.

»Nein«, sage ich dann schnell. »Wir können hier was kaufen.«

»O Mann. Hoffentlich nicht so teuer.« Das Mädchen seufzt. Ich möchte schnell noch etwas sagen – dass ich genügend Geld dabeihabe und ihr was leihen kann zum Beispiel –, aber sie hat sich schon wieder abgewandt und kramt in ihrer Umhängetasche. Sie zieht eine Packung Kaugummis hervor, bietet mir keinen an, sondern nimmt sich selbst einen und verstaut das Päckchen wieder in der Tasche. Ich ziehe den Kopf ein. Hoffentlich geht es bald los, damit wir beschäftigt sind.

Michel hat sich lässig auf den Boden gelegt und schnippt einen Kronenkorken vor sich her. Einmal schnippt er ihn zu stark, und der Korken fliegt los und trifft Kilian, der es sich in einiger Entfernung bequem gemacht hat, am Bein.

»Hey, Mann«, schnauzt Kilian, obwohl es sicher nicht wehgetan hat.

Michel hebt die Hand, was man als Entschuldigung deuten könnte. Er legt sich flach auf den Bauch und stützt sich auf die Ellbogen.

Eigentlich ist es ganz schön mutig, hierherzukommen, wenn man weiß, dass einen keiner leiden kann.

Na ja, selbst schuld. Würde er sich ein bisschen anders benehmen, dann könnten ihn die anderen Kinder auch leiden, oder?

Glücklicherweise reißt mich Almas Ankunft aus meinen Gedanken. Sie klatscht gleich in die Hände, und von ihren raschen, sicheren Bewegungen geht so viel Energie aus, dass wir alle nach und nach zur Besinnung kommen, aufstehen und ihr gebannt zuhören. Kurze Zeit später sind wir schon mit den Aufwärmübungen beschäftigt. Gut, dass die Fenster des Saals so hoch liegen – keiner kann uns beobachten und sich über unsere Verrenkungen lustig machen. Weil es so früh dunkel wird, lässt Alma dann sogar die dichten Vorhänge herunter und knipst das Licht an.

»Neonlicht ist natürlich scheußlich«, sagt sie. »Ich habe ein paar Scheinwerfer dabei. Morgen basteln wir uns eine richtige Theaterbeleuchtung.«

Ich versuche, Irinas Blick einzufangen, aber sie achtet nicht auf mich. Schnell wende ich mich wieder Alma zu. Sie sieht Michel an, der gelangweilt auf einem Kaugummi herumkaut, sagt aber nichts.

In den nächsten drei Stunden sind wir vollkommen beschäftigt. Wir bewegen Muskeln, von deren Vorhandensein wir bisher nichts geahnt haben. Wir schneiden Grimassen und stoßen alle möglichen wilden und sanften Laute aus. Gut, dass alle mitmachen, sogar Michel, und keiner Gelegenheit hat, sich über einen anderen lustig zu machen.

Beim Abendessen sitze ich dann neben Irina. Sie ist freundlich zu mir, aber ich werde das Gefühl nicht los, dass ihre Freundlichkeit aufgesetzt ist. Sie sieht mich nicht direkt an, ihr Blick flackert über mich hinweg und ihre Füße bewegen sich unruhig. Ich muss irgendwas tun, ganz schnell.

»Meine Eltern haben mich in den Weihnachtsferien für einen Theaterworkshop am Stadttheater angemeldet«, sage ich plötzlich, ohne lange darüber nachzudenken. »Da kann ich auf einer richtigen Bühne üben. Er ist leider schon ausgebucht, sonst könntest du mitkommen«, setze ich schnell noch hinzu.

Irina sieht mich aufmerksam an. »Das ist cool«, sagt sie, aber es klingt immer noch vorsichtig.

Ich beschließe, meine Geschichte nur für mich alleine weiterzudenken. Am Stadttheater wird jemand mein Talent entdecken. Er wird mich zur Seite nehmen und fragen, ob ich denn Interesse hätte, im nächsten Stück eine Rolle zu übernehmen. Ich werde sagen, dass ich doch in die Schule muss, aber er wird mit den Achseln zucken und sagen, dass es Wichtigeres im Leben gibt und er nicht glaubt, dass jemand meiner Karriere im Weg stehen möchte.

Linus wird so stolz auf mich sein! Wenn er ein bisschen größer ist, kann ich bestimmt auch ihm eine Rolle vermitteln.

»Weißt du übrigens, dass mein kleiner Bruder an eine Schnullerfee glaubt?«, frage ich Irina unvermittelt.

»Eine was?«

»Na ja. Eine Schnullerfee, die nachts die alten Schnuller verschleppt.«

»Ich kenne nur die Zahnfee«, mischt sich das ewig lächelnde Mädchen ein, das auf der anderen Seite neben Irina sitzt.

Jetzt sieht Irina ratlos zu ihr, dann zuckt sie mit den Achseln und wickelt eines ihrer mitgebrachten Brote aus der Folie. Sie hat das gesunde Vollkornbrot dabei, genau wie ich.

Nur dass ich im Gegensatz zu ihr aus irgendeinem Grund überhaupt keinen Appetit habe.

19.

Kein Mensch kann auf einer dünnen Isomatte schlafen, wenn es um ihn herum nach Schweißfüßen, ausgekippter Cola und Bohnerwachs riecht und die Temperatur so um die dreißig Grad beträgt, weil sich diese ewig gluckernde Heizung nicht regulieren lässt. Na ja, genauer gesagt: kein Mensch außer genau den fünf Mädchen, mit denen ich diesen Raum teile. Um die Katastrophe komplett zu machen, schnarchen drei von ihnen wie die Holzfäller. Wahrscheinlich sind sie erkältet, aber Mitleid habe ich keines. Ich drücke mir wütend mein Kissen auf die Ohren und balle die Fäuste. Irina schnarcht natürlich nicht, aber sie schläft tief und lässt mich mit meiner Verzweiflung allein.

Als ich spüre, dass ich es gleich nicht mehr aushalten kann und dann vermutlich losschreien werde, taste ich nach meiner Taschenlampe und knipse sie an. Keiner rührt sich. Ich krieche aus meinem Schlafsack und stakse wie ein Storch über die Schläferinnen hinweg. Die Tür lässt sich sehr leise öffnen. Schon stehe ich im Flur. Auch aus einem anderen Raum dringen Schnarchgeräusche.

Und jetzt?

Ich gehe die Treppe hoch und stoße die Tür zum Saal auf. Ein so großer, leerer Raum ist mitten in der Nacht ein bisschen unheimlich, aber ich wage mich mit meiner Taschenlampe bis zu der Ecke vor, in der Alma ihre Sachen abgestellt hat. Da stehen auch die Scheinwerfer. Ohne lange zu überlegen, greife ich mir einen davon, ziehe die durchsichtige Plastikbox mit dem blauen Deckel, in der Alma Kostüme und Tücher aufbewahrt, ein Stück vor und platziere den Scheinwerfer darauf. Ich finde eine Steckdose und schalte den Scheinwerfer ein. Es wird plötzlich unglaublich hell, ich schrecke zusammen und blinzle. Aber die lichtdichten Vorhänge sind vorgezogen, sodass von draußen niemand aufmerksam werden dürfte.

Jetzt habe ich die Bühne ganz für mich allein. Die Bühne und meinen Schatten, der über die weiße Wand gleitet. Ich winke ihm zu, er winkt zurück. Gut, dass mich keiner sehen kann – jeder würde denken, ich bin völlig durchgeknallt. Ich drehe mich ein paarmal um mich selbst, recke die Arme in die Höhe wie eine Ballerina. Na ja, ganz so elegant bin ich leider noch nicht. Schatten haben nicht nur keine Zahnspangen, vor allem haben sie keine Gesichter, und reden tun sie auch nicht, sodass sie auf keinen Fall etwas Falsches sagen können. Sie spielen niemandem etwas vor. Ich wedle mit den Armen, mache drei Tanzschritte und beobachte meinen Schatten. Meinen fremden

Schatten. Ich stelle mir einen Moment lang vor, dieser Schatten würde sich jetzt einfach von mir lossagen und ein eigenes Leben beginnen, wollte nichts mehr mit mir zu tun haben. Oder er würde plötzlich all das tun, was ich anderen vorflunkere. Er würde nach China fliegen, er würde Josefine die Tür weit aufhalten, wenn sie davonlaufen wollte, er würde die Kopfschmerzen bekommen, die ich erfunden habe, und dabei würde er immer schwächer werden wie eine an die Hauswand gesprühte Graffitimalerei, die nach und nach verblasst und schließlich ganz abgeschrubbt wird. Aber das ist Quatsch. So schlimm bin ich doch wohl nicht, dass mein eigener Schatten vor mir davonlaufen müsste.

Gerade als ich das denke, klappert es draußen im Flur ganz laut. Einen Moment lang stehe ich völlig erstarrt, und mein Schatten erstarrt mit mir. Er ist mir also noch vollkommen treu.

Wovor habe ich Angst? Ich mache doch nichts Verbotenes. Trotzdem schleiche ich ganz vorsichtig zur Tür und öffne sie. Das Licht im Flur brennt, es ist niemand zu sehen, aber ich höre leise Schritte und das Klirren von Glas. Plötzlich überfällt mich Panik und mir wird total kalt. Ich schlüpfe schnell

aus dem Raum, ziehe die Tür hinter mir zu und gleite an der Wand entlang in Richtung Treppe. Mist, das Licht geht aus! Hier funktioniert das mit den Lichtschaltern wie zu Hause im Treppenhaus. Mein Herz klopft immer lauter, aber ich versuche ruhig zu bleiben und sehe mich nach einem Lichtschalter um. Nur wenige Meter vor mir entdecke ich einen orange

leuchtenden Punkt. Ich taste mich vor, greife nach dem Lichtschalter ... und schreie auf. Denn anstelle des Lichtschalters habe ich eine Hand berührt.

Jetzt ist es hell und ich stehe vor Michel. Der hat eine offene Colaflasche in der einen Hand, die andere liegt immer noch auf dem Lichtschalter.

»Mann!«, fauche ich ihn an. »Was machst du hier?«

Er grinst nur, obwohl er einfach zurückfragen könnte. Einen Moment lang ist es ganz still. Mein kurzer Schrei hat wohl niemanden geweckt. Da kann man nur froh sein, dass man nicht wirklich einen Einbrecher getroffen hat.

»Ich habe das Klo gesucht«, sage ich, obwohl Michel nicht gefragt hat.

»Falsche Etage.« Michel grinst.

»Hier gibt's auch eins, das stinkt nicht so. Kann ich jetzt durch?«

»Bitte.«

Ich schiebe mich an Michel vorbei und gehe zur Treppe. Das Licht blinzelt. Plötzlich bin ich so müde, dass ich mich auf den Fußboden legen und einschlafen könnte. Ich glaube, jetzt können die anderen schnarchen, so laut sie wollen, und notfalls auch noch über mich schlafwandeln … Hauptsache, ich habe meine Isomatte unter mir. Nichts wird mich wecken.

Kurz bevor ich wegdämmere, höre ich aus dem Nachbarzimmer noch Gepolter und wütende Jungenstimmen. Michel hat es offenbar nicht geschafft, sich so leise wieder einzuschleichen. Wahrscheinlich ist er einfach über seine Zimmergenossen drübergestolpert und hat sie aus dem Schlaf gerissen. Er kann das wirklich perfekt, sich bei allen unbeliebt machen.

20.

Aus meinem geruhsamen Schlaf wird nichts. Ein paar Stunden hat er wohl gedauert, aber als ich von einem lauten, durchdringenden Piepton und großer Aufregung um mich herum geweckt werde, ist es noch nicht einmal hell.

»Es brennt!«, quiekt eine Mädchenstimme in panischer Aufregung. »Feuer!«

Und schon bin ich genauso hellwach wie die anderen. Die Tür zum Flur steht offen und tatsächlich riecht es nach Feuer, und ununterbrochen schneidet dieser durchdringende, schrille Ton in mein Ohr. Ich ringe gegen aufkeimende Panik. Vielleicht träume ich das alles nur? So etwas passiert doch sonst nur im Fernsehen.

Dann höre ich Almas Stimme.

»Beruhigt euch, keine Panik. Nehmt eure Jacken und Schuhe und geht ganz ruhig ins Freie. Die Feuerwehr ist schon alarmiert.«

Von ganz ruhig kann nicht die Rede sein. Ich zittere und das liegt nicht nur an der Kälte. Im kalten Flurlicht sehen die Mädchen und Jungen, die so nach und nach verschlafen aus ihren Schlafräumen stolpern, alle recht ungesund aus.

»Wir nehmen den Notausgang hier unten«, erklärt Alma.

»Wo brennt es denn?«, fragt jemand.

»Im Saal«, antwortet ein anderer. »Der Feueralarm ist im Saal losgegangen.«

Ich kriege erst nur einen kleinen, instinktiven Schreck. Das Feuer kann nichts mit mir zu tun haben. Ich habe ganz bestimmt nichts angezündet. Vielleicht hat Michel heimlich eine geraucht und die Kippe weggeworfen. Ich weiß nicht, ob Michel raucht, aber es würde zu ihm passen.

Kaum stehen wir alle bibbernd im Hof, ist auch die Feuerwehr schon da. Die Szene hat alles, was dazugehört: Blaulicht, Martinshorn, quietschende Reifen und dunkle, vermummte Gestalten, die entschlossen von den Wagen springen und in voller Ausrüstung das Gebäude stürmen. Sehen können wir von außen nichts, keine lodernden Flammen oder so etwas. Man könnte meinen, es ist gar nichts passiert.

Einer der Feuerwehrmänner kommt sofort zu uns herüber und will wissen, ob sich noch Personen im Gebäude befinden, ob jemand verletzt ist oder Rauch eingeatmet oder einen Schock hat, aber es geht allen so weit gut. Ich habe sogar den Verdacht, dass die anderen es ähnlich empfinden wie ich: Wir frieren zwar und sind kein bisschen ausgeschlafen, aber trotzdem genießen wir die ganze Aufregung ein wenig. Das alles gibt uns das Gefühl, einer großen Gefahr entronnen und sehr lebendig zu sein, uns im Mittelpunkt eines bedeutenden Geschehens zu befinden. Ich meine, was hier passiert ist, wird garantiert morgen in der Zeitung stehen. Kann sein, dass wir sogar interviewt werden. In den Häusern der Nachbarschaft gehen ratternd die Rollläden hoch, Menschen lehnen sich so weit aus den Fenstern, dass man Angst kriegt, sie könnten gleich auf die Straße fallen. Es kommt sogar einer im Bademantel und mit einem Dackel an der Leine angelaufen, stellt sich neben uns und mustert das Gebäude fachmännisch.

»Schwelbrand«, sagt er. »Garantiert Schwelbrand. Man sieht ja gar nichts.« Er wendet sich zu uns um. »Ich war fünfundvierzig Jahre lang bei der Feuerwehr.« Er sieht an seiner Bademantelbrust herunter, als müsse irgendwo eine goldene Verdienstnadel ste-

cken. »Bin ich immer noch, aber jetzt nicht mehr aktiv«, fügt er hinzu. »Ich zahle Mitgliedschaft und darf den Vorstand wählen.« Der Dackel hebt das Bein am Vorderreifen des Leiterwagens.

Die Feuerwehrleute im Inneren des Gebäudes melden sich über Funk. Es klingt so verzerrt, als würden sie aus einem Raumschiff sprechen, als wären ihre Worte schon durch das weite All geflogen. Ich kriege kein Wort mit, aber der Feuerwehrmann, der mit dem Gerät in der Hand am Wagen lehnt, scheint alles zu verstehen. Er ruft ständig so etwas wie »Alles klar« und »Roger«. Bestimmt fühlt er sich beobachtet, wir beobachten ihn nämlich alle neugierig.

Noch mehr Blaulicht – jetzt ist auch noch die Polizei da. Habe ich da etwas von »Brandstiftung« gehört? Hat wirklich jemand Feuer gelegt, während wir nichts ahnend schliefen?

»Mir ist kalt«, bibbert Irina. »Hoffentlich können wir bald wieder reingehen.«

Tatsächlich dauert es nicht lange, bis der Einsatz beendet ist. Die Feuerwehrleute kommen mit zufrieden federnden Schritten aus dem Haus. Es dämmert allmählich, man kann ihre Gesichter jetzt besser erkennen, sie sind nicht rußgeschwärzt und das Gebäude sieht aus wie vorher. Immerhin ist der beißende Geruch jetzt bis hierher gedrungen. Der Bademantelmann schnüffelt wie wild und denkt wahrscheinlich sehnsüchtig an alte Zeiten. Der Dackel hat sich hingelegt und schläft noch eine Runde.

»Können wir jetzt wieder reingehen?«, fragt Michel den Feuerwehrmann, der in seiner Nähe eine Zigarette angesteckt hat. »Uns ist nämlich kalt.«

Aber der schüttelt den Kopf. »Wir bringen euch eure Sachen«, sagt er. »Die Polizei macht erst noch die Spurensicherung.«

Spurensicherung, wie das klingt! Ganz unvermittelt fängt ein Mädchen an zu schluchzen.

»Ich will nach Hause!«

Es ist das rotblonde Mädchen. Andere legen den Arm um sie, reden tröstend auf sie ein. Irina steht plötzlich neben mir und legt ebenfalls ihren Arm um meine Schultern, obwohl ich überhaupt nicht weine. »Das ist ja ein Ding«, sagt sie. »Wir erkälten uns bestimmt alle.«

Ein Polizist redet mit Alma. Die hat eine Hand vor den Mund gelegt und nickt ab und zu, ohne ein Wort zu sagen.

Endlich kommt sie zu uns herüber. »Alles okay bei euch?«

Wir nicken. Das rotblonde Mädchen zittert noch ein bisschen und wischt sich über die Augen.

»Wir brechen das Wochenende ab«, sagt Alma. »Ihr bekommt eure Sachen, und dann werden wir sehen, wie ihr nach Hause kommt.«

»Mann, die Hütte steht doch noch«, beschwert sich Michel.

Alma sieht ihn an. »Es hat im Saal gebrannt. Die Feuerwehr sagt, es war ein Scheinwerfer. Ein Scheinwerfer, den jemand auf Plastik gestellt hat. Diese Dinger werden glühend heiß, wisst ihr? Er hat den Deckel einer Plastikkiste durchgeschmolzen und die Sachen in der Kiste haben Feuer gefangen. Glücklicherweise ist sonst nichts passiert, die Feuerwehr war ja schnell da.«

Warum tut sich in diesem Moment nicht der Boden unter mir auf und verschlingt mich? Warum werde ich nicht ohnmächtig? Warum sehen mich nicht alle an? Sicher bin ich weiß wie ein Blatt Papier, so blass und durchsichtig, dass jeder direkt in meinen Kopf hineinsehen kann. Mein Herz schlägt so schnell, als würde es am liebsten aus mir rausspringen und weit weg hüpfen.

»Und wer hat den Scheinwerfer brennen lassen?«, fragt jemand.

»Keine Ahnung.« Alma zuckt mit den Schultern. »Ihr werdet wahrscheinlich noch von der Polizei befragt werden.«

»Von der Polizei?«, fragt ein Junge aufgeregt. »Denken die, dass uns jemand umbringen wollte?«

»Unsinn!«, sagt Alma streng. »Ich glaube, ihr guckt zu viele Krimis! Das kann nur aus Versehen passiert sein.«

Sie blickt sich in der Runde um. Ich zwinge mich, ihr in die Augen zu sehen.

»Ich war es nicht.« Alma sieht uns fest an. »Ich weiß nicht, wer außer mir mit den Scheinwerfern herumspielt, aber ich war es jedenfalls nicht. Außerdem wäre ich nicht so dumm, einen Scheinwerfer auf einer Plastikkiste abzustellen.«

»Schon klar.« Michels Stimme klingt ironisch. »So was passiert nur dämlichen Kindern.«

»Irgendjemand war's jedenfalls«, sagt Alma. »An Gespenster glaube ich nicht.«

»Vielleicht war es ein Einbrecher«, schlägt Irina vor.

»Warum hätte der einen Scheinwerfer einschalten sollen?«, fragt Alma achselzuckend. »Normalerweise begnügen die sich mit Taschenlampen.«

In diesem Moment nähern sich uns zwei Feuerwehrmänner mit einigen Taschen im Arm.

»Die Schlafsäcke müssen noch mal hierbleiben«, sagt der eine. »Die kriegt ihr dann bald.«

Wir suchen unsere Sachen heraus. Irina schnüffelt an ihrer Tasche: »Die stinkt.«

»Das verfliegt«, murmle ich. Aber ich bin mir sicher, der beißende Geruch wird nie wieder aus den Sachen verschwinden, nie, nie wieder.

»Können wir dann abhauen?«, fragt Michel mit gelangweilter Stimme. »Mir ist kalt.«

Alma lächelt. »Es kann sein, dass die Polizei noch Fragen stellen möchte. Von mir aus könnt ihr dann gehen. Wenn jemand kein Handy hat und seine Eltern anrufen muss, soll er sich bei mir melden.«

Sie hat recht, die Polizei will uns noch befragen. Der Polizist ist nett und verspricht, sich zu beeilen, weil wir schon lang genug in der Kälte herumstehen. Er wirft dem Bademantelmann einen so strengen Blick zu, dass dieser mit seinem Dackel nun doch endlich weitergeht, dann wendet er sich wieder uns zu.

»Jemand hat heute Nacht einen Scheinwerfer angeschlossen«, sagt er. »Hat einer von euch etwas gesehen oder gehört?«

»Nö«, knurrt Michel. »Wir haben ja wohl gepennt um die Zeit.«

Ich schaue ihn an, aber er erwidert meinen Blick nicht. Die anderen Jungs schweigen.

»Wir haben alle tief geschlafen«, sagt ein Mädchen. »Wir hätten einfach sterben können.«

Das rotblonde Mädchen fängt wieder an zu schluchzen. Der Polizist runzelt die Stirn.

»Lassen wir es für heute gut sein. Wir werden euch bestimmt noch einzeln befragen. Beruhigt euch erst mal. Ihr könnt euch auch bei uns melden, wenn euch etwas einfällt.«

»Aber es war doch gar kein Verbrecher«, sagt ein Junge. »Es ist doch nur aus Versehen passiert, oder?«

»Wahrscheinlich«, bestätigt der Polizist. »Aber trotzdem muss die Sache aufgeklärt werden. Es ist Schaden entstanden und es hätte noch viel größerer Schaden entstehen können.«

Ein Geier müsste heranschweben, über mir kreisen, dann herabstoßen und mich in seinen Fängen davontragen.

21.

Meine Eltern machen sich offenbar ernsthaft Sorgen um mich. Sie sprechen in vorsichtigem, aufmerksamem Tonfall mit mir oder gar über mich, werfen einander bekümmerte Blicke zu, wenn ich reglos vor meinem unberührten Essen sitze, und Linus darf mich kein bisschen ärgern. Mama sagt mir, dass ich Josefine mit ins Zimmer nehmen kann, wenn mich das tröstet, aber Josefine hat sich das sowieso schon lange angewöhnt. Tagsüber will sie nach wie vor nicht viel mit uns zu tun haben, aber wenigstens frisst sie ihren Napf leer.

Natürlich haben meine Eltern keine Ahnung, warum es mir so schlecht geht. Sie vermuten wohl, ich habe einen Schock, weil ich am Wochenende beinahe verbrannt wäre. Oder weil ich mir das einbilde. Dass die Sache in Wirklichkeit gar nicht so gefährlich war, wissen sie inzwischen. Die Kostüme in der Plastikkiste sind ruiniert, aber die sind eher geschmolzen als verbrannt, und weil gleich der Rauchmelder losging, konnte weiter nichts passieren. Sie waren auch nicht so besonders wertvoll, die Kostüme. Es waren keine echten Museumsstücke oder so etwas.

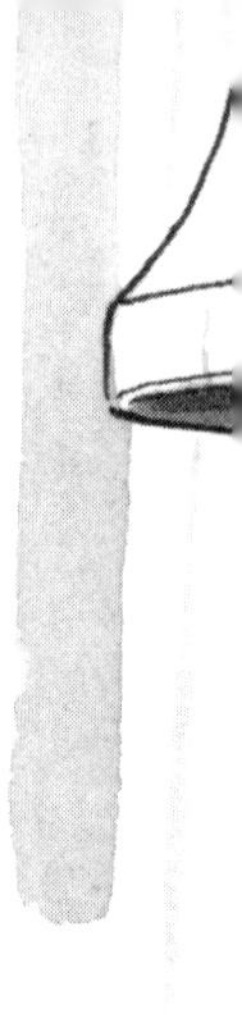

Sie fragen mich natürlich auch, ob mir nachts nichts aufgefallen ist, aber ich murmle nur, dass ich geschlafen habe, und verziehe mich schnell in mein Zimmer.

Ich krame mein Flunkertagebuch hervor, aber was soll ich überhaupt hineinschreiben? Habe ich denn an irgendeinem Punkt gelogen? Ich habe Irina von einem Schauspielwochenende erzählt, das es nicht gibt. Das ist nicht schlimm, aber um mir selbst zu zeigen, dass ich es mit dem Flunkertagebuch ehrlich meine, notiere ich alles sehr ordentlich.

Ich habe nicht gelogen. Aber ich habe auch nicht die Wahrheit gesagt.

Dann kommt wirklich die Polizei. Zwei Beamte klingeln an der Tür, und als meine Mutter mich ins Wohnzimmer ruft, wo die beiden warten, hat sie wieder diesen mitfühlenden Blick. Sie ist nicht böse auf mich, sie ahnt nichts.

»Keine Angst«, sagt einer der Beamten, der mit dem dicken schwarzen Schnurrbart, lächelnd. »Wir wollen dich nicht festnehmen.«

Bestimmt sieht er, dass mein Herz wie ein Hammer klopft.

Alle setzen sich. Mir ist schlecht. Ich habe das Gefühl, ich fange an zu schweben, sitze gar nicht mehr neben Mama, sondern hänge fast an der Decke und sehe auf die Szene hinunter.

»Wir möchten nur wissen, ob dir in der Nacht, in der es gebrannt hat, etwas aufgefallen ist.«

»Ich habe doch geschlafen«, sage ich schnell.

»Jemand hat ausgesagt, du bist einmal aufgestanden.« Der zweite, blonde und dürre Beamte mustert mich, ohne eine Miene zu verziehen. »Stimmt das?«

»Ich wollte … ich musste aufs … auf die Toilette«, stottere ich. Bestimmt werde ich knallrot. Wenn ich Glück habe, dann denken die Polizisten, dass es mir peinlich ist, über so etwas zu reden.

»Und dir ist nichts aufgefallen? Brandgeruch? Jemand, der sich im Treppenhaus herumtrieb?«

»Michel.« Habe ich das gesagt?

Der blonde Polizist runzelt die Stirn. »Michel Baumgartner?«

Ich nicke. Mein Mund ist ganz trocken. Gleich schwebe ich nicht mehr, falle von meinem hohen Platz an der Decke herunter und breche mir das Genick.

»Und was hat Michel gemacht?«

»Er wollte sich was zu trinken holen.« Ich räuspere mich. »Cola.«

Jetzt nicken die beiden zufrieden.

»Und du«, setzt der Schnurrbärtige noch einmal an, »du hast dich gleich wieder hingelegt? Du bist nicht noch mal in den Saal gegangen?«

»Nein – nein, natürlich nicht!« Überschlägt sich da nicht meine Stimme? »Es war unheimlich. Ich bin gleich wieder ins Bett gegangen. Ich meine, es war ja kein Bett, aber ...«

Der Schnurrbart bekritzelt ein Formular. Er gibt es mir, ich soll es noch mal durchlesen und unterschreiben. Ich glaube, Falschaussagen sind strafbar. Ich habe aber gar nicht gelogen. Ich habe Michel getroffen, er hatte sich eine Cola geholt, ich bin schlafen gegangen. Ich habe keinen Moment lang behauptet, dass Michel das Feuer gelegt hat.

Als die Polizisten weg sind, habe ich einen Moment lang das glückliche Gefühl, dass das alles die Folge einer Krimiserie war und ich jetzt den Fernseher ausschalten und alles vergessen kann.

Leider gibt es keinen Ausschaltknopf für die missliche Lage, in der ich stecke.

»Ich muss mich hinlegen«, murmle ich.

Mama und Papa nicken und sehen mich ein bisschen ängstlich an. Vielleicht fürchten sie, dass ich mich doch im Rauch vergiftet habe und nun langsam dahinsieche. Ich wünschte direkt, es wäre so. Dann könnte niemand böse auf mich sein, auch nicht, wenn die Wahrheit ans Licht kommt.

Wie immer steckt das Flunkertagebuch unter meiner Matratze.

Ich zerre es hervor, meine Hände zittern ein bisschen. Ich klappe das Buch an einer unbeschriebenen Seite auf und starre auf das regelmäßig linierte Papier.

Ich kann es nicht aufschreiben.

Ich habe nicht gelogen. Aber es gibt keinen Stift, der für das, was ich verschwiegen habe, schwarz und dick genug wäre.

Und inmitten von alledem muss ich auch noch zur Schule gehen.

Während des Unterrichts redet kaum einer über den Brand, aber im Hort ist er Thema Nummer eins.

Michel fehlt.

»Das passt zu ihm«, sagt Kilian zufrieden. »Dem habe ich nie getraut. Ich habe immer gesagt, der schießt noch einen ganz großen Bock.«

»Es weiß doch keiner, ob er schuld ist«, sage ich leise.

»Er sagt natürlich, dass er's nicht war.« Kilian wirft seinen Kugelschreiber so in die Luft, dass er wie ein Taktstock herumwirbelt, und fängt ihn wieder auf. »Aber dem glaubt keiner ein Wort. Auch die Polizei nicht.«

»Es ist überhaupt nichts bewiesen«, sage ich so schnell, als müsste ich meine eigenen Gedanken überholen.

»Bist du seine Anwältin? Oder bist du in ihn verknallt?« Kilian grinst breit.

Ich wende mich um. Ich bin Michel nichts schuldig. So einem wie Michel ist man sowieso nichts schuldig.

»Der fliegt garantiert von der Schule«, höre ich Kilian noch sagen.

»Deswegen doch nicht«, mischt sich jemand ein. Ich drehe mich um, um zu überprüfen, wer da noch Partei für Michel ergreift.

Es ist der namenlose Junge. Er sieht Kilian nicht an, aber er spricht weiter.

»So etwas macht garantiert keiner mit Absicht. Das ist bloß ein Unfall.«

»Weiß man doch nicht!« Kilian starrt ihn herausfordernd an.

Ich gehe einfach weg in den Hausaufgabenraum. Irina winkt

mir sehr oberflächlich zu, aber ich setze mich ganz weit hinten an einen Ecktisch, damit ich niemanden im Rücken habe, der mich beobachten könnte.

Falls die Polizei Fingerabdrücke nimmt, kann sie mich natürlich entlarven. Womöglich ist mir sogar ein Haar ausgefallen.

Na ja, wenn ich es mir genau überlege, sind bei den anstrengenden Übungen wohl allen Teilnehmern des Workshops ein paar Haare ausgefallen.

Irina begleitet mich auf dem Nachhauseweg. Ich habe heute das Fahrrad dabei und schiebe ein Stück, aber ich schaffe es nicht, mit Irina zu reden. Sie plappert offenbar unbefangen, aber nach einer Weile fällt ihr meine Schweigsamkeit auf.

»Ist was mit dir?«

»Nein.«

Sie mustert mich aufmerksam.

»Seit dem Workshop bist du komisch«, stellt sie fest.

»Quatsch«, schnauze ich.

Sie zieht den Kopf ein.

»Ich muss hier abbiegen«, sagt sie, als wir die Ampel erreichen. »Bis morgen.«

»Tschüs.«

Ich sehe ihr nach, aber ich höre ihre Schritte in der Seitenstraße verklingen.

22.

Also gut. Es geht nicht anders. Ich muss es aufschreiben.

Wenigstens zu mir selbst muss ich ehrlich sein, sonst werde ich verrückt.

Ich blättere erst eine Weile und lese meine eigenen Lügengeschichten wie das Werk eines mir unbekannten (und nicht sehr begabten) Schriftstellers. Schließlich schlage ich eine Seite ganz weit hinten auf und suche den härtesten, dünnsten Bleistift, den ich finden kann. Eigentlich ist es gar keine richtige Schrift, eher schon eine Kratzspur, die keinem auffallen wird, der das Buch oberflächlich durchblättert.

»Ich habe den Scheinwerfer angelassen«, kratze ich. »Deswegen hat es gebrannt. Michel hat nichts damit zu tun.«

Ich schlage das Heft zu und vergrabe es unter der Matratze. Dann krame ich es wieder hervor und stecke es hinter den Schrank. Dann befürchte ich, ich könnte es womöglich selbst nicht wieder hinter dem Schrank hervorangeln und teste das mit einem Kleiderbügel aus. Schließlich entscheide ich mich dafür, das Buch mit der offenen Seite nach vorne in mein Bücherregal zu stecken. Da fällt es am wenigsten auf. Keiner aus meiner Familie interessiert sich für meine Bücher.

Es war so leicht, nicht die Wahrheit zu sagen. Alle wollen die Tatsachen so haben, wie sie jetzt erscheinen. Michel kann keiner leiden, und er hat bestimmt schon so viel gelogen und ausgefressen, dass man mit seinen Flunkertagebüchern ein ganzes Regal füllen könnte. Vielleicht ist es sogar ganz gerecht, wenn er zur Abwechslung mal einer Sache verdächtigt wird, die er nicht getan hat.

Es ist dunkel in meinem Zimmer, aber ich starre auf mein Bücherregal, als würde mein Flunkertagebuch daraus hervorleuchten. Ich habe das Gefühl, dass sich das Regal unter dem Gewicht dieses einen Notizbuchs biegt. Sagt man nicht, einer lügt, dass sich die Balken biegen? Balken sind es nicht, nur dünne Regalbretter. Und je länger ich ins Dunkle starre, desto deutlicher spüre ich das Gewicht direkt auf mir liegen. Jede einzelne Lüge hat ihr Gewicht, egal, ob sie klein oder groß war, und ich weiß, dass dieses Gewicht mich nach und nach erdrücken wird.

Ich wehre mich gegen diese Erkenntnis. Ich bin betont fröhlich, wenn ich mit Irina rede, schenke dem namenlosen Jungen, der sein Glück gar nicht fassen kann, meinen Nachtisch und kaufe für Josefine ein Spielzeug, eine kleine, flitzende Spielzeugmaus, die sie einmal fängt, um mir dann einen halb traurigen, halb verächtlichen Blick zuzuwerfen.

Das Gewicht wird nicht leichter.

Ich sehe nicht mehr in Richtung Bücherregal. Manchmal glaube ich, ein leises Knacksen der Bretter zu hören, aber noch hält das Regal.

Ich schleppe das Gewicht tagelang herum. Dann weiß ich, dass es sich nicht mehr auflösen wird.

Am nächsten Morgen fahre ich früher als sonst zur Schule und warte vor dem Haupteingang auf Irina. Sie kommt ziemlich spät, schiebt ihr Fahrrad in den Ständer und wirkt abgehetzt. Als sie mich sieht, winkt sie mir zu, aber ihre Miene ist eher fragend als freundlich.

»Hast du auf mich gewartet?«

Ich nicke. »Ich muss dir etwas sagen.«

»Ja?« Irina steckt ihren Fahrradschlüssel ein und schüttelt ihre Haare, die vom schnellen Fahren ganz zerzaust sind.

Ich hole tief Luft. »Wir ziehen nicht nach China.«

»Doch nicht?« Irina streicht sich über die Haare. »Dein Vater hat den Job also nicht gekriegt?«

»Nein, es ... es gab den Job nie. Wir wollten überhaupt nie nach China. Ich hab das nur erfunden.«

Irina runzelt die Stirn: »Wieso das denn?«

»Ich wollte ... weil es interessant klingt?«

Irina schweigt einen Moment. »Kriegst du dann wenigstens ein Pferd?«, fragt sie schließlich.

Ich schüttle den Kopf. »Nein. Nein, ein Pferd kriege ich auch nicht. Meine Eltern wollten mir noch nie ein Pferd schenken. Ich habe keine Ahnung von Pferden. Ich kann überhaupt nicht reiten.«

Jetzt sagt Irina nichts mehr.

Es klingelt.

»Ziemlich blöd«, gestehe ich.

Sie nickt, sieht am Gebäude hoch. »Ich muss.«

Und dann stehe ich allein und frierend vor der Eingangstür.

Michel ist wieder an der Schule. Ich entdecke ihn im Pausenhof, habe aber keine Zeit, mich so hinter das Gebüsch zu verkriechen, dass er mich nicht sieht. Ich habe keine Ahnung, wie ich ihm jemals wieder gegenübertreten soll. Natürlich weiß er nicht, dass ich den Scheinwerfer aufgebaut habe. Er weiß nur, dass er nicht der Einzige war, der sich mitten in der Nacht im Haus herumgetrieben hat, und er weiß, dass er unschuldig ist und dass ihm keiner glaubt.

Irina kann ich auch nicht ansehen, aber sie macht es mir leicht, indem sie so tut, als wäre ich Luft.

Ich habe ein schlechtes Gewissen, aber gleichzeitig spüre ich auch, dass der Ärger in mir anschwillt wie ein Wespenstich. Was soll das, ist es denn so wichtig, ob ich nach China ziehe oder hierbleibe, im selben langweiligen Kaff wie sie? Das bestätigt doch nur, dass ich recht habe, dass sie sich ohne meine erfundenen Besonderheiten niemals für mich interessiert hätte! Sie hat mich sozusagen dazu gezwungen, sie anzulügen, so ist das nämlich! Sie braucht sich überhaupt nicht zu wundern.

Aber das Gewicht, das auf mir lastet, hat sich kein bisschen verringert.

Als würden in dem Moment, in dem ich eine Lüge loswerde,

die restlichen sich weiter ausbreiten, aufquellen, massiger, schwerer werden.

Aber ich kann doch nie im Leben zugeben, dass ich für das Feuer verantwortlich bin!

Wenn ich das tue, dann ist es aus mit der Theater-AG, ich werde im Hort oder in der Klasse niemals Freunde finden, meine Eltern werden mir nie wieder vertrauen und sogar Linus wird auf seine Art irgendwie mitkriegen, dass seine große Schwester eine schlimme Lügnerin, eine Brandstifterin und ein Feigling ist. Dann ist mein Leben vollkommen und für immer versaut. Was hat dagegen so einer wie Michel schon zu verlieren?

Ich muss durchhalten. Ich muss so tun, als wäre nichts. Ich muss einfach eine Rolle spielen, wie im Theater. Aber die paar Stunden AG haben mich leider noch nicht zu einer perfekten Schauspielerin gemacht.

Michel ist im Hort heute sehr ruhig, beinahe höflich. Er hilft den Tisch abzuräumen und macht im Hausaufgabenraum nicht den geringsten Blödsinn, der andere stören könnte. Es ist beinahe unheimlich, als hätte eine Fee Michel über Nacht in einen anderen verwandelt. Aber es gibt ja leider keine Feen. Wenn es welche gäbe, dann würde ich jetzt schnell eine zu Hilfe holen. Sie müsste zaubern, dass das alles nicht passiert ist, dass ich niemals diesen blöden Scheinwerfer eingeschaltet hätte. Aber ich bin mir nicht sicher, dass Feen auch die Vergangenheit ändern können. Ich fürchte, sie haben nur Einfluss auf das, was in der Zukunft passiert.

Einen Moment lang überlege ich sogar, ob ich Michel ansprechen soll, ihn fragen, wie es ihm geht, aber das wäre zu auffällig. Dann wüsste jeder, dass ich ein schlechtes Gewissen habe.

Die Zeit im Hort versickert nur ganz, ganz langsam. Ich bin die Erste, die ihre Jacke übergezogen hat und aus der Tür schlüpft. Nur nach Hause!

Es ist noch niemand da, zum Glück. Ich lege mich aufs Bett, ziehe mir die Decke bis zum Hals und warte ab, ob Josefine zu mir kommt. Aber sie hat sich in ihr Körbchen verkrochen und will nichts mit mir zu tun haben.

Das Telefon klingelt und ich kriege fürchterlich Herzklopfen, obwohl ich gar nicht weiß, vor welchem Anruf ich mich fürchte. Ich gehe nicht dran. Als sich der Anrufbeantworter einschaltet, erkenne ich Omas Stimme. Sie spricht eine Nachricht auf Band, das Gerät schaltet sich aus und in diesem Moment fühle ich mich besser. Ich stehe auf und gehe in die Küche, um mir ein Joghurt zu holen. Es stehen zwei im Kühlschrank, eins mit Zitrone und eins mit Maracuja. Ich nehme das mit Zitrone.

Gerade, als ich den leeren Becher in den Müll befördere, höre ich jemanden die Tür aufschließen. Es ist Mama, allein.

»Wo ist Linus?«, frage ich

»Papa holt ihn ab. Sie müssten gleich kommen.«

Sie schlüpft aus ihrem Mantel und wirft die Schuhe von den Füßen. »Puh! Wo sind meine Hausschuhe?«

Ich schiebe sie ihr mit dem Fuß hin. Mama schlappt in ihren Hausschuhen auf mich zu und drückt mich an sich. Sie riecht nach Parfum und Kaffee und Mama.

»Wie geht es dir? Du bist so blass.«

Ich senke den Kopf. In Mamas Arm fühle ich mich so sicher, dass es fast passiert wäre. Fast hätte ich ihr alles erzählt. Mama kann man alles erzählen. Wütend oder enttäuscht wäre sie bestimmt, aber sie ist meine Mutter und wird mich nicht davonjagen oder mich von einem Tag auf den anderen nicht mehr mögen.

Mama lässt mich los und sieht mir in die Augen.

»Du hast zu viel Stress in der Schule«, stellt Mama fest.

»Ich ...«, fange ich an.

Aber in diesem Moment höre ich Linus' durchdringende Stimme im Treppenhaus. Schnelle Schritte nähern sich der Tür, es wird ungeduldig geklingelt.

Mama lächelt, als sie zur Tür geht. Ich sehe ihr nach wie ein Ertrinkender, dem der Rettungsring abhandengekommen ist.

»Die Erzieherin hat geschimpft!«, verkündet Linus, sobald er die Wohnung betreten hat.

»Was hast du denn gemacht?«, möchte Mama wissen.

»Ich hab nichts gemacht.«

»Dann schimpft sie auch nicht.« Das erklärt Mama mit einer

Überzeugung, als wäre ihr selbst im ganzen Leben noch keine Ungerechtigkeit widerfahren. Linus schiebt die Unterlippe vor.

»Wenn es ihm im Kindergarten doch nicht gefällt«, sage ich lahm.

»Mir gefällt es bei der Arbeit auch nicht immer«, sagt Papa, der jetzt auch im Flur steht und angewidert seine durchgeweichten Schuhe betrachtet.

Mama schweigt einen Moment lang.

»Ich muss vielleicht mal fragen, was los ist.«

»Was soll los sein?« Papa hat die Schuhe ausgezogen. Auch seine Socken sind durchgeweicht. »Jeder hat mal einen schlechten Tag. Auch eine Erzieherin.«

Ich höre nur noch mit halbem Ohr zu. Geradezu ein Glücksfall, dass Linus jetzt im Mittelpunkt steht, denn mich beachtet keiner mehr. Selbst beim Abendessen, als ich mein Rührei halbherzig kreuz und quer über den Teller schiebe und sogar Josefine ein Stück davon anbiete, wird niemand aufmerksam. Josefine will das Rührei gar nicht. Jetzt liegt der Brocken unter dem Tisch. Ich kann nachher so tun, als wäre er mir runtergefallen.

Ich schiebe den Stuhl zurück.

»Ich muss noch telefonieren.«

»Wen rufst du denn an?«

»Irina.«

»Wer ist Irina?«, fragt Papa, aber er sieht dabei auf sein Butterbrot, sodass ich mir die Antwort sparen kann. Ich will sowieso nicht Irina anrufen, sondern Ljoba. Aber das müssen meine Eltern nicht wissen. In meinem Flunkertagebuch sind so viele Seiten frei, so eine winzige Flunkerei braucht da kaum Platz.

Ljoba wundert sich gar nicht, dass ich anrufe. Nur leider schreit Emil von hinten, weil seine Mutter ihn noch nicht abgeholt hat, und außerdem brennt gerade etwas an, sodass sie mir nicht richtig zuhören kann. Immerhin schaffe ich es, sie zu fragen, ob ich morgen vorbeikommen kann. Es ist mir ein bisschen peinlich, so etwas zu fragen, denn meine Eltern bezahlen ja nichts für mich und mir ist immer noch nicht klar, ob ich mit Ljoba richtig befreundet bin oder nicht. Jedenfalls sagt sie, dass ich jederzeit kommen kann, und dann muss sie ganz schnell auflegen, weil Emil eine Blumenvase umgekippt hat und das Wasser in Richtung Stereoanlage läuft.

23.

Eigentlich habe ich gedacht, ich gehe einfach nicht in den Hort, sondern fahre nach der Schule direkt zu Ljoba. Aber erstens würden Sven oder Verona bestimmt bei meinen Eltern anrufen und fragen, wo ich stecke, und zweitens bin ich mir doch gar nicht mehr sicher, ob der Besuch bei Ljoba so eine gute Idee ist. Also gehe ich doch in den Hort. Am Esstisch setze ich mich neben Irina, aber die grüßt mich kaum und kaut sehr missmutig auf irgendeinem panierten Stück Fleisch herum, Schnitzel oder so etwas Ähnliches. Ich hole tief Luft und spreche sie an.

»Irina?«

»Hm?« Irina versucht, noch ein Stück Fleisch abzusäbeln, und lässt dann entmutigt das Messer sinken. »Schuhsohle!«, murmelt sie.

»Du, Irina, wie heißt eigentlich dieser Junge?« Ich spreche ganz leise und versuche, ihren Blick auf den namenlosen Jungen zu lenken.

»Welcher Junge denn?«, fragt Irina sehr laut. Ich zucke zusammen.

»Ich meine den, der links neben Verona sitzt«, flüstere ich.

Irina sieht sehr auffällig zu dem Jungen hinüber, aber auch der kämpft mit dem zähen Schnitzel und wird deswegen nicht aufmerksam.

»Ruben.« Irina sieht mich sehr von oben herab an. »Du redest doch oft mit ihm. Wie kommt es, dass du dann seinen Namen nicht weißt?«

Ich zucke mit den Schultern. Wir schweigen eine Weile. Ich suche krampfhaft nach einer Entschuldigung oder einem Trick, wie ich Irina wieder gnädiger stimmen könnte, aber als sie ihren Teller bis auf den ungenießbaren Schnitzelrest leer gegessen hat und aufsteht, ist mir immer noch nichts eingefallen. Also schiebe ich eine Weile schweigend eine Salzkartoffel durch die braune Soße und stehe dann erst auf. Ruben also. Er ist schon im Hausaufgabenraum verschwunden.

»Was ist mit deinem Essen?«, fragt Verona vorwurfsvoll.

»Ich kann nichts essen. Mir ist schlecht.«

Verona betrachtet mich misstrauisch. »Du bist in letzter Zeit oft krank. Warst du schon beim Arzt?«

»Ja«, sage ich. »Es ist nichts Ansteckendes.«

Verona nickt erleichtert.

Als ich den Hausaufgabenraum betrete, steht Irina neben dem namenlosen Jungen, der jetzt einen Namen hat. Beide sehen mir entgegen, ohne etwas zu sagen. Vielleicht hat Irina ihm verraten, dass ich bis gerade eben noch nicht einmal seinen

Namen kannte. Vielleicht hat sie ihm gesagt, dass ich eine Lügnerin bin. Jedenfalls traue ich mich nicht, ihn anzusprechen und setze mich wieder in meinen versteckten Winkel.

Es war ein Fehler, hierherzukommen. Ich hätte den Hort schwänzen sollen, wie ich es ursprünglich geplant hatte. Für meine Eltern wäre mir schon irgendeine Ausrede eingefallen.

Erst als wir den Hort verlassen, habe ich genügend Mut gefasst. Ich gehe zu Ruben und trabe einen Moment lang schweigend neben ihm her. Dann gebe ich mir einen Ruck.

»Ich wollte dir nur sagen, dass die Geschichte mit der Pelztierbande nicht gestimmt hat. Ich hab die nur erfunden.«

»Deine Katze war gar nie weg?« Ruben sieht mich nicht an. Er wirkt nicht sonderlich überrascht, offenbar hat Irina ihn wirklich schon gewarnt, oder meine Geschichte war doch so an den Haaren herbeigezogen, dass er sie von Anfang an nicht geglaubt hat.

»Doch, Josefine war wirklich weg. Aber jemand hat sie gefunden. Sie ist einer Frau zugelaufen, die hat bei uns angerufen und meine Mutter hat sie abgeholt. Die Katze.«

Ruben zuckt mit den Achseln.

»Du solltest Krimis schreiben«, sagt er. »Du könntest reich werden.«

Ich senke den Kopf. »Entschuldige«, sage ich.

»Schon gut.«

Fast wäre es passiert. Fast hätte ich ihm erzählt, dass ich am

Brand im Gemeindesaal schuld bin, dass ich den Scheinwerfer eingesteckt und nicht herausgezogen habe. Aber er würde es mir sowieso nicht glauben. So gehen wir schweigend nebeneinander her bis zur Bushaltestelle. Rubens Bus ist schon da, und so ruft er nur noch kurz »Tschüs« und rennt los.

Ich bleibe fröstelnd zurück. Jetzt müsste es mir besser gehen. Ich habe Irina und dem namenlosen … ich meine Ruben die Wahrheit gesagt. Ich kann diese Lügen aus meinem Buch ausradieren. Das heißt, ich könnte das tun, wenn ich auch sie mit Bleistift aufgeschrieben hätte.

Aber was ich mir eigentlich erhofft habe, das ist nicht passiert.

Das Gewicht, das auf mir drückt, ist immer noch nicht merklich leichter geworden.

Ich glaube, ich kann so viele kleinere Lügen loswerden, wie ich will: Die eigentliche Last ist meine Schuld am Brand im Gemeindesaal.

Ich stehe an der Straßenbahnhaltestelle, habe kalte Füße und lasse meine Bahn wegfahren.

Ich muss zu Ljoba.

Nicht, dass ich ihr irgendetwas erzählen würde. Sie kann mir schließlich auch nicht helfen. Es wäre nur schön, einen Moment lang in ihrer Küche zu sitzen.

Ljoba hat zwar gesagt, dass ich jederzeit kommen kann, aber dann wirkt sie doch überrascht, als ich so spät vor ihrer Tür stehe. Dennoch hält sie mir, ohne weiter zu fragen, die Tür auf.

Ich ziehe wie gewohnt die Schuhe aus und überlege erst dann, ob man so etwas bei einem Kurzbesuch überhaupt macht. Ein Tageskind bin ich ja nicht mehr. Aber Ljoba scheint es selbstverständlich zu finden. Sie geht mir voraus in die Küche.

»Sind schon alle weg?«, frage ich.

Ljoba nickt. »Ja. Ausnahmsweise konnten mal alle Eltern pünktlich kommen. Es ist herrlich ruhig.«

»Jetzt störe ich dich«, murmle ich.

»Du störst nicht«, erklärt Ljoba. »Du besuchst mich doch nur.«

Sie setzt sich an den Küchentisch und sieht mich erwartungsvoll an.

»Was ist los?«

»Warum soll etwas los sein?« Ich grinse krampfhaft.

»Du kannst mir doch nichts vormachen. Ich kenne dich.«

Kein Wunder, dass ich in diesem Moment losheule.

Ljoba ruft nicht bei der Polizei an, obwohl sie meint, dass ich das, was ich ihr gerade erzählt habe, unbedingt melden muss. Sie sitzt eine ganze Weile nur dicht neben mir, tadelt nicht, seufzt nicht vorwurfsvoll und schüttelt nicht den Kopf. Sie hört mir konzentriert zu und nimmt die ganze Sache sehr ernst, das höre ich an ihrer Stimme.

»Ich fahre dich gleich nach Hause«, beschließt sie. »Wir müssen es deinen Eltern sagen.«

Die selbstverständliche Art, mit der sie »wir« sagt, macht mir sogar ein bisschen Mut, und so ziehe ich, ohne zu zögern, meine Schuhe wieder an. Als ich neben Ljoba in das kleine alte Auto steige, mischt sich in meine Angst eine fast freudige Erwartung, wie damals, als ich mir vom Zahnarzt einen schon lange schmerzenden Milchzahn ziehen lassen musste.

Mama wirkt gleichzeitig erleichtert und vorwurfsvoll, als wir vor der Tür stehen. Als sie Ljobas ernste Miene sieht, erschrickt sie und macht die Tür so weit auf, dass Josefine hindurchschlüpfen kann und im Treppenhaus verschwindet, in dem eben das Licht ausgeht. Einen Moment lang sehen wir ihr alle drei ratlos nach.

»Die Haustür unten ist geschlossen«, erklärt Ljoba. »Sie kommt nicht weit.«

»Es ist uns erst vor Kurzem passiert.« Mama drückt noch einmal auf den Lichtschalter. »Linus hat die Tür offen gelassen und Josefine war tagelang verschwunden.«

»Das war nicht Linus«, sage ich. »Das war ich. Ich habe die Tür offen gelassen.«

Mama betrachtet mich verblüfft. Wir stehen immer noch alle drei im Flur, als Josefine zurückkommt. Sie hüpft mühelos alle Stufen hoch, streicht an Mamas Füßen vorbei und spaziert wieder in die Wohnung, als hätte sie niemals weglaufen wollen. Mama sieht ihr nach, dann wendet sie sich uns zu.

»Dann kommt doch endlich rein.«

24.

Ich werde nicht verhaftet und eingesperrt. Die zwei Polizisten, vor denen ich ein zweites Mal aussagen musste, haben mir noch einmal heftig ins Gewissen geredet, mir klargemacht, dass auch Verschweigen Lügen sein kann, und dass das besonders schwer wiegt, wenn dadurch andere verdächtigt werden. Auch meine Eltern werden nicht eingesperrt, obwohl Eltern für ihre Kinder haften. Kann sein, dass sie für den Schaden bezahlen müssen, aber sie hoffen noch, dass die Versicherung das übernimmt. Immerhin habe ich den Gemeindesaal ja nicht absichtlich in Brand gesteckt. Und dann gibt es noch die Sache mit der Aufsichtspflicht: Jemand hätte besser auf mich aufpassen müssen. Das ist mir ganz schön peinlich. Ich hoffe, dass Alma wegen mir keinen Ärger kriegt.

Am schwersten ist es mir gefallen, mit Michel zu reden. Alle – und damit meine ich meine Eltern und auch Ljoba – waren der Ansicht, dass ich das unbedingt tun muss. Eigentlich ungerecht – Michel hat schon tausend fiese Sachen angestellt und sich nie dafür entschuldigt.

Aber ich kann mich nicht so leicht rausreden. Ich habe zugelassen, dass Michel verdächtigt wurde. Mir war klar, dass ihm keiner glauben würde, auch wenn er die Wahrheit sagt. Auf der anderen Seite haben alle mir geglaubt, obwohl ich schon die ganze Zeit das Blaue vom Himmel herunterlüge. Edel war das nicht gerade von mir. Hm, ich glaube, Michel weiß gar nicht, was edel ist. Deswegen hat er mir auch nicht auf ganz edle Weise verziehen, sondern mich sehr böse beschimpft und mir gedroht, dass seine Eltern mich auf Schmerzensgeld verklagen werden oder so etwas. Mama sagt, ich soll mir darüber keine Gedanken machen.

Jetzt wissen alle in der Schule, dass ich diejenige war, die das Feuer gelegt hat. Eigentlich hätte es mich nicht überrascht, wenn man nach so einer schlimmen Geschichte nicht mehr in die Schule gehen könnte. Ein paar Tage lang war es auch wirklich sehr schwierig und ich musste mich morgens ziemlich überwinden. Alle haben über mich getuschelt – jedenfalls kam es mir so vor. Merkwürdigerweise haben meine Mitschüler und offenbar auch die Lehrer ganz schnell das Interesse verloren und wieder über andere Themen geredet.

Ich entschuldige mich natürlich auch bei Alma und erkläre ihr schweren Herzens, dass ich vorerst nicht mehr in die Theater-AG kommen werde. Zuerst will sie mir das ausreden, aber nach einer Weile nickt sie und meint: »Vielleicht ist das eine gute Entscheidung. So ganz ungestraft darfst du ja nicht wegkommen. Es war zwar keine Absicht von dir, aber wenigstens hättest du zu deinem Fehler stehen müssen.« Sie lächelt. »Aber ich möchte nicht, dass du das Theaterspielen deswegen ganz an den Nagel hängst. Im nächsten Schuljahr kommst du wieder zurück, oder?«

»Ich weiß nicht. Vielleicht.«

Sie legt mir ihre Hand auf die Schulter.

»Du konntest nicht wissen, dass Scheinwerfer so fürchterlich heiß werden. Ich hätte euch vielleicht warnen sollen.«

»Aber ich habe nichts gesagt.«

»Na ja.« Sie seufzt. »Nun klärt sich ja alles.«

»Ja.«

Ruben hatte vor ein paar Tagen eine Idee. Er hat öfter Ideen, aber die hier fand ich ganz gut:

»Du könntest bis zum nächsten Schuljahr ein Theaterstück erfinden, und das spielt die Theater-AG dann.«

»Ich?« Ich starre ihn an. Kann es sein, dass der Junge mich ein bisschen überschätzt? Ich meine, das ist ja schmeichelhaft, aber ich bin doch keine Schriftstellerin.

Aber Ruben ist nicht zu bremsen.

»Es könnte eine Bande von Pelztierhändlern darin vorkommen, und das Ganze würde dann natürlich in China spielen.«

»Aha.« Bei Ruben weiß ich nie, ob er mich veralbert oder ob er es ernst meint. Jedenfalls verzieht er keine Miene.

In meinem Flunkertagebuch ist noch viel Platz, also könnte ich doch einfach anfangen, an diesem Theaterstück zu schreiben.

Oder vielleicht lieber an einem Kriminalroman? Die Idee hatte Ruben ja auch schon.

Es könnte in diesem Kriminalfall um ein Pferd gehen, aber von Pferden verstehe ich leider immer noch nicht viel. Ich glaube kaum, dass Irina mir helfen wird. Sie redet mit mir nur noch das Nötigste und setzt sich jeden Tag neben das Mädchen, das immer lacht. Ich sitze meistens neben Ruben, obwohl er mir seinen Nachtisch nur noch abgibt, wenn er ihm wirklich nicht schmeckt.

Ich gehe übrigens nur noch drei Tage in der Woche in den Hort. An den beiden anderen Tagen esse ich bei Ljoba zu Mittag und fahre dann nach Hause. Papa war von diesem Plan erst einmal nicht so begeistert, denn er meint, ich bin noch zu klein, um ganze Nachmittage alleine in der Wohnung zu verbringen. Aber Mama hat ihn davon überzeugt, dass wir es mal eine Weile probieren sollten. Sie hat offenbar keine Angst, dass ich das Haus in Brand stecken könnte.

So hat sich alles ziemlich gut entwickelt.

An einem Sonntagvormittag unternehmen meine Eltern, Linus und ich einen kleinen Ausflug auf den Flohmarkt.

Linus saust wie ein Wirbelwind von Stand zu Stand, findet alles, was er da entdeckt, einfach wunderschön und billig. Seine

Freude steckt uns alle an, und ich hake mich bei Mama unter und drücke mich an sie.

Sie hat nie etwas über die Umstände meines Geständnisses gesagt, aber ich glaube schon, dass sie ein bisschen gekränkt war. Schließlich hätte ich normalerweise ihr gestehen können, was passiert ist. Ich vermute, dass sie auf Ljoba ein bisschen eifersüchtig ist.

Gerade kommt Linus mit einer scheußlichen schnörkeligen Messinggießkanne angetrabt.

»Für meine Erzieherin«, sagt er. »Die vergisst immer, die Blumen zu gießen.«

Ich sehe ihn erstaunt an. »Ich denke, du magst sie nicht.«

»Ich mag sie auch nicht. Aber sie soll die Blumen gießen.« Linus betrachtet die Gießkanne sehr zufrieden. »Und sie freut sich, wenn sie die Gießkanne bekommt«, setzt er überzeugt hinzu.

Mama seufzt und geht die Gießkanne bezahlen.

»Mag er sie jetzt oder mag er sie nicht?«, fragt sie, als sie zurückkommt.

Es ist ganz merkwürdig, dass meine Mutter mich fragt, als wüsste ich etwas, was sie nicht weiß.

»Ich glaube, es stimmt beides«, sage ich. »Irgendwie mag er sie nicht und irgendwie doch.«

»Kann sein«, murmelt Mama und stopft die Gießkanne in ihre Tasche. »Obwohl ich es nicht verstehe.«

Linus kommt schon wieder angerannt. In der Hand hält er jetzt ein kleines blaues Auto.

»Guck mal!«, ruft er begeistert. »Die haben auch ein Auto von der Schnullerfee gekriegt!«

Es ist genau das Modell, das Mama Linus als Ersatz für seinen Schnuller geschenkt hat.

»Das war doch nicht …«, fange ich an, aber Mama wirft mir einen flammenden Blick zu, der mich verstummen lässt.

Aber Linus schenkt mir keine Beachtung.

»Den brauche ich sowieso nicht«, stellt er fest, marschiert zurück zum Stand und lässt das blaue Auto einfach in die Kiste fallen.

Jetzt zeig' ich, was in mir steckt!

GABRIEL

Bettina Obrecht

Einmal Nummer Eins

144 Seiten

ISBN 978-3-522-30281-4

Einmal im Mittelpunkt stehen, nichts wünscht sich Hannah mehr. Da ist die Wette mit ihrer Schwester die Gelegenheit: Wetten, dass sie es vor Valerie ins Fernsehen schafft? Doch dann passiert etwas, mit dem niemand gerechnet hätte, und Hannah kann beweisen, was in ihr steckt.

Bettina Obrecht

Ich wär so gern ... Wie Sophie ihre Schüchternheit vergaß

160 Seiten

ISBN 978-3-522-30243-2

Sophie würde so gern ihre Meinung sagen können, ohne dabei rot zu werden. Doch am besten klappt das mit ihren zwei stummen Fischen. Überhaupt ist mit Tieren alles einfacher. Nur nicht mit dem ausgesetzten Hund, der niemanden an sich heranlässt. Voller Eifer stürzt sie sich auf diese Aufgabe ...

GABRIEL
Was wirklich zählt!

www.gabriel-verlag.de